Wir schreiben das Jahr 2085. Damian Tranks Gehirn wurde bei einem Unfall zerstört. Dank der Möglichkeiten der modernen Medizin kann es wiederhergestellt werden, wobei allerdings die Erinnerungen verloren sind. Zwar gibt es Wege, die Situation der Patienten zu erleichtern, doch Damian findet sich mit dem Verlust nicht ab – bis ihm ein Roman seines Urgrossvaters Gerold Trank aus den 1990er Jahren den Weg weist.

Andreas Pritzker, geboren 1945, ist Schweizer, Physiker und Schriftsteller. Bisher sind von ihm erschienen: „Filberts Verhängnis" (Roman, 1990), „Das Ende der Täuschung" (Roman, 1993), „Eingeholte Zeit" (Erzählung, 2001), „Die Anfechtungen des Juan Zinniker" (Roman, 2007) sowie „Allenthalben Lug und Trug" (Roman, 2010). Er war Mitherausgeber des REFUNA-Jubiläumsbuchs „1/3 Technik, 1/3 Politik, 1/3 Psychologie" (2004) und verschiedener Texte in erzählter Geschichte. Zudem hat er in Zusammenarbeit mit Zeitzeugen die „Geschichte des SIN" (2013) verfasst.

Andreas Pritzker

Aus der Zeit gefallen

Erzählung aus der Zukunft

© 2015 Andreas Pritzker

Herstellung und Verlag:
BoD – Books on Demand, Norderstedt (D)

ISBN: 978-3-7347-6985-6

Weitere Bücher von Andreas Pritzker
werden vorgestellt auf
www.munda.ch

Hauptperson dieser Geschichte ist Damian Trank. Damian ist der Urenkel von Gerold Trank, von dem der Autor in der Erzählung „Eingeholte Zeit" berichtete.

1

Er wachte auf und spürte nur Leere. Er öffnete die Augen. Das ganze Bild war verschwommen. Dann geschah etwas mit seinen Augen, und er begann das, was er sah, zu erkennen.

Er erkannte ein weisses Ding, und ihm fiel das Wort Schrank ein, ebenso wie ihm soeben die Worte weiss und Ding eingefallen waren. Er vernahm ein Geräusch, das seinen Kopf veranlasste, zur Seite zu rollen. Dort sah er etwas, wozu ihm das Wort Türe einfiel, dann sogar Zimmertüre, ein Ding, das in einem Rahmen hing, an der einen Seite mit Scharnieren – wieder ein Wort das ihm zufiel – und an der anderen mit einer Klinke, die sich langsam senkte.

Die Türe drehte sich in den Scharnieren, und es erschien ein Spalt, der sich verbreiterte, langsam verbreiterte, und in ihm erschien eine Gestalt, die sich näherte, dabei grösser wurde, eine weisse Gestalt, die Gestalt einer Frau, eine Krankenpflegerin, ein Mensch mit einem Gesicht, darin sich Augen befanden, braune, ruhige Augen, die sich näherten, und ein Mund, ein roter Mund, der sich bewegte, sich öffnete, dabei Zähne erblicken liess, die sich wiederum öffneten und eine Zungenspitze zeigten, die sich zwischen den Zähnen bewegte, ganz nah vor seinen Augen.

Der Mund bewegte sich und erzeugte ein Geräusch, das er verstand, der Mund sagte etwas, wollte ihm etwas vermitteln: „Damian Trank, Sie sind Damian Trank, Damian, Trank."

Er war Damian Trank, was der Mund sagte, stimmte mit seinem Wissen überein. Der Mund hörte nicht auf, immerzu dasselbe zu sagen, er hörte nur noch die Stimme der Pflegerin, sie bedrängte ihn, das war unerträglich, und er schloss die Augen wieder. Die Pflegerin hörte auf zu sprechen und entfernte sich, die Ruhe war wohltuend, dann nahm er dasselbe Geräusch wahr wie ganz am Anfang, das Geräusch, das ihn geweckt hatte. Er öffnete wieder die Augen und sah die Pflegerin nicht mehr.

Die Pflegerin hatte sich bewegt, zuerst hatte sie sich ihm genähert, dann wieder entfernt, sie hatte ihren Kopf und ihre Arme bewegt, ihr Gesicht hatte sich bewegt. Ihm fiel ein, dass er sich ebenso zu bewegen vermochte, also drehte er seinen Kopf. Zuerst nach rechts, wo zwischen ihm und der Zimmertüre ein Nachttisch stand, dann nach links, zu einem Fenster hin, durch das helles Licht eindrang, Sonnenlicht.

Das Fenster war geöffnet, und durch die Öffnung waren weitere Geräusche zu vernehmen, Vogelgezwitscher, Grillenzirpen, menschliche Stimmen, alle leise, durch die Entfernung gedämpft. Jenseits des Fensters befanden sich weitere Dinge, er erkannte, dass es sich um grüne Baumkronen handelte, und über diesen Baumkronen schwebte eine weite, blaue Fläche, die weit weg schien, der Himmel, über den sich weisse, luftige Gestalten bewegten, die Wolken hiessen.

Er erkannte die Dinge, die er sah, er wusste ihre Namen, aber er begriff von allem nichts. Er schloss die Augen, und die Worte, die in ihm entstanden waren, schwebten hinter seinen geschlossenen Augen herum, formten ein wirbelndes Durcheinander, wie Schneeflocken – kam ihm ein Bild in den Sinn –, die gleichmässig umhertanzten, während sie durch den Raum sanken, unabhängig voneinander, auf den Erdboden zu.

Später fiel ihm der Begriff Farbe ein. Er öffnete die Augen und erkannte in seinem Zimmer die Farben weiss und beige. Das Blau und Grün jenseits des Fensters waren ebenfalls Farben. Und etwas in ihm sagte, dass er die Farben nur bei Tageslicht wahrnehmen konnte, und Tageslicht war durch das Sonnenlicht gegeben.

Er spürte, wie ihn eine tiefe Verwirrung in Griff nahm. Das hatte damit zu tun, dass er Dinge erkannte, wusste, wie sie hiessen, aber nicht wusste, was sie für ihn bedeuteten, ob sie ihn betrafen. Er wollte dringend mehr darüber wissen, und dieser Vorgang hiess Fragen. Fragen verlangten nach Antworten, doch diese standen ihm nicht zur Verfügung. Er war verzweifelt. Er spürte, wie sehr er verzweifelt war, so verzweifelt, dass Wasser aus seinen Augen trat. Er wusste, dass er weinte und sich untröstlich fühlte, bis er in ein tröstliches Nichts versank.

*

Als er wieder aufwachte, erfüllte Finsternis den Raum um ihn herum, sowohl sein Zimmer als auch den weiten Raum jenseits des Fensters. Er wusste, es war Nacht. Da erkannte er den Ablauf der Zeit, und dass sich darin Veränderungen abspielten. Nun begann er sich an das zu erinnern, was er vor dem Versinken in die Finsternis gesehen hatte, und fing allmählich an, nicht nur die Dinge wahrzunehmen, sondern auch die Beziehungen zwischen ihnen, wobei ihm immerfort neue Begriffe einfielen.

Das war eine aufregender Vorgang. Er erkannte Gemeinsamkeiten: die Kleidung der Pflegerin, die Zimmerdecke, die Wolken am Himmel waren weiss gewesen. Und er bemerkte Unterschiede: der Himmel war blau, nicht weiss, und die Baumkronen waren grün gewesen. Die Stimme der Pflegerin, das Gezwitscher, das Zirpen waren Geräusche, aber unterschiedliche. Sowohl die Türe wie auch das Fenster waren Öffnungen in den Wänden des Zimmers, in dem er sich befand. Er entdeckte den Raum: es gab Raum innerhalb des Zimmers, aber dieser setzte sich auch ausserhalb des Zimmers fort.

Jede dieser Erkenntnisse erfüllte ihn mit Befriedigung. Der Türspalt war senkrecht gewesen, er selbst lag waagrecht. Die Pflegerin hatte sich bewegt, ebenso die Wolken am Himmel, die Baumkronen hatten sich schwach hin und her bewegt. Er selbst konnte sich bewegen, seinen Kopf drehen, er vermochte seinen Arm zu heben. Nur der Schrank und die Zimmerwände standen bewegungslos da, an ihnen konnte er sich orientieren und die Bewegung erkennen.

Und dann erkannte er, dass er dachte, und dies war ein Vorgang, der sich in seinem Gehirn abspielte. Er, Damian Trank, lag in einem Zimmer, es war Nacht, und er dachte unaufhörlich nach. Er stellte sich Fragen und fand Antworten, aber diese riefen noch mehr Fragen hervor, und so überliess er sich wieder einem wohltuenden Nichts.

*

Als er wieder in die Welt der Dinge zurückkehrte, war die Finsternis weg. Um ihn herum herrschte Helligkeit. Er erkannte, dass vom Fenster her Licht kam, er empfand dieses als unangenehm und er drehte den Kopf zur Türe, wo zwei Gestalten standen, die Pflegerin und ein Mann, der zu ihr sagte: „Er ist wach und reagiert auf das Licht."

Damian fiel ein, dass dieser Mann ein Arzt sein musste, und der Gedanke drängte sich ihm auf, dass er sich in einer Klinik befand, in einem hellen Zimmer im Bett liegend, offenbar nicht gesund, wobei Krankheit mit Schmerz verbunden war, er jedoch, wenn er nicht gerade die Augen dem Sonnenlicht zuwandte, keinerlei Schmerz empfand.

Der Arzt ergriff seine, Damians Hand, sah ihn an und sagte: „Damian Trank, versuchen Sie zu sprechen, sprechen Sie mir nach – ich bin Damian Trank."

Er spürte, wie sich sein Mund bewegte, er hörte ein Geräusch, das aus ihm selbst kam, aber der Arzt schüttelte den Kopf. Doch dann hörte er sich sagen: „Damian ... Trank."

„Ausgezeichnet", rief der Arzt und lächelte der Pflegerin zu, die zurück lächelte. „Bleiben Sie bei ihm und bringen Sie ihn zum Reden", sagte er und ging durch die Tür aus dem Zimmer. Damian hörte sich sagen: „bleiben ... Sie ... bei ihm." Er fühlte, wie sich dabei seine Lippen bewegten, seine Zunge. Er konnte sprechen.

„Das war Doktor Meister", erklärte die Pflegerin, „und er ist tatsächlich ein Meister, er hat Ihnen nach einem schrecklichen Unfall das Leben wieder gegeben."

„Doktor ... Meister ... hat mir ... das Leben ... wieder ... gegeben", sprach Damian und fühlte, er hatte keine Ahnung von dem, was die Pflegerin sprach, doch der Satz beunruhigte ihn, weil er zwar wie eine Erklärung klang, die aber nicht endgültig war.

„Jetzt müssen Sie essen", sagte die Pflegerin und ergriff vom Nachttisch eine Schüssel mit einem Löffel darin, den sie waagrecht aus der Schüssel hob und Damians Mund entgegen streckte. „Wir weckten Sie gestern aus dem Koma und nahmen Sie von der Infusion weg. Die nächsten Tage bekommen Sie Brei, dann wieder normale Nahrung", sagte sie. Damian verstand die einzelnen Worte, aber nicht den ganzen Sinn, und er hatte das Gefühl, hier gehe es um einen wichtigen Vorgang.

Er spürte den Brei salzig auf der Zunge, und dann

begann es in ihm zu schlucken. Er bemerkte, dass sein Bauch unangenehm leer war und gefüllt werden wollte. „Und jetzt die Milch", sagte die Pflegerin, hob seinen Kopf mit der Hand und gab ihm aus einer Tasse zu trinken. Sogleich durchströmte ihn ein Glücksgefühl, diese Milch war köstlich. Die Unruhe von vorhin war zwar noch in ihm vorhanden, doch schob sich dieses gute Gefühl davor.

2

Damian sass angekleidet am weissen Metalltisch beim Fenster und wartete auf Doktor Meisters Morgenbesuch. Er wartete auf den Meister, der ihm, ohne ihn zu fragen, das Leben wiedergegeben hatte, und war begierig, Genaueres darüber zu hören. Pflegerin Mara hatte sich stets freundlich geweigert, mit ihm darüber zu sprechen und gesagt: „Wenn der Zeitpunkt gekommen ist, wird der Doktor Ihnen alles erklären." Heute, hatte sie feierlich erklärt, sei der Tag, an dem er mehr erfahren werde. Und sie hatte hinzugefügt: „Sie sind in diesem Bett im Zustand eines Neugeborenen aufgewacht, allerdings bereits mit Sprachkenntnis und entwickelter Motorik, und Sie haben in den letzten zwei Wochen enorm rasch Ihre Wahrnehmung der Welt ausgebaut."

Das einzige, was er wusste: Er befand sich in der Hirnklinik Schinznach. Er blickte in den Park hinaus und sah die makellose, sattgrüne Rasenfläche, die sich bis zum Flussufer hinunter erstreckte, verziert mit Büschen und Blumenbeeten und umstellt von hohen, alten Bäumen. Die Klinik lag in einen Wald eingebettet, ein Baumstreifen setzte sich am Ufer fort und spendete dem Fussweg, der dem Fluss entlang verlief, Schatten.

Er fragte sich, welche Aussicht ihm das Fenster seines Arbeitszimmers bieten würde, und wie auf Abruf fiel ihm eine Fotografie ein, die jemand – vermutlich er – von seinem Schreibtisch aus gemacht hatte. Sie zeigte gleichfalls die grünen Kronen stattlicher Laubbäume, dahinter ein zweihundertjähriges, städtisches Wohnhaus aus rotem Backstein, und im Hintergrund Ausschnitte weiterer Häuser im selben Stil von bürgerlichen Schlösschen.

Irgend etwas in seinem Gedächtnis bestätigte ihm, dass gemäss einer europäischen Bauvorschrift sämtliche Häuser des Quartiers eines Dorfes oder einer Stadt denselben Baustil aufzuweisen hatten, was bedeutete, dass auch Neubauten altertümlich aussehen mussten, wenn sie in einer entsprechenden Gegend standen. Er wusste, dass er zusammen mit seiner Frau Leda eine Fünfzimmerwohnung in einem ähnlichen, allerdings neuen Wohnhaus bewohnte, und dieses lag in einem Villenquartier der Stadt Zürich.

Er fand in seinem Gedächtnis wie sein Arbeitstisch, die Sitzgruppe in ihrem Wohnzimmer und die Front ihres Hauses aussahen. Dachte er daran, erschienen vor seinem inneren Auge entsprechende Fotos. Er konnte sich aber nicht erinnern, wie der Rest der Wohnung aussah. Er kannte allerdings den Wohnungsplan und vermochte die Räume aufzuzählen – Wohnzimmer, sein Schlafzimmer, Ledas Schlafzimmer, sein Arbeitszimmer, Esszimmer, Bad, Küche. Sogleich fiel ihm das Ungleichgewicht auf: nur er besass ein Arbeitszimmer, Leda nicht. Die Erklärung war, dass er zu Hause arbeitete, während Leda ein Restaurant namens ‚Capricorne' in der Innenstadt führte.

Damian sah einen Stadtplan vor sich und fand darauf sogleich die Standorte ihres Hauses und des ‚Capricorne', aber er hatte keine Ahnung, wie das Lokal aussah. Auch an das Bild der Strassenzüge in dessen Umgebung konnte er sich nicht erinnern. Nur ein paar Ansichten der Stadt erblickte er vor sich, solche, die er, wie er wusste, fotografiert hatte – aber wozu? Und unter welchen Umständen? Er kam zum Schluss, dass er zwar viele einzelne Fakten kannte, aber kein gesamtheitliches Wissen besass, wie wenn in seinem Kopf nur ein einfaches Gittergerüst von Kenntnissen vorhanden wäre, dessen Füllung sich verflüchtigt hatte.

Damian spürte, dass er Schwierigkeiten mit dem Erinnern und überhaupt mit dem Denken hatte. Noch kam es ihm vor, dass nicht er dachte, sondern dass etwas in ihm dachte. Das passte alles zu seinem Aufenthalt in der Hirnklinik. Offenbar war mit seinem Gehirn etwas nicht in Ordnung gewesen. Klinikaufenthalte bedeuteten gegen Ende des einundzwanzigsten Jahrhunderts – falls es sich nicht um Psychiatrie handelte – unweigerlich eine Organerneuerung.

Er konnte dieses Wissen abrufen. Kranke Organe wurden aus körpereigenen Zellen geklont und wieder implantiert. Ein kompliziertes Gesetzeswerk regelte das Ganze. Der Gesetzgeber hatte nicht gewollt, dass die Menschen auf diesem Umweg zum ewigen Leben gelangten. Sonst würde die europäische Bevölkerung unkontrolliert anwachsen. Ab achtzig Jahren bekamen Patienten kein neues Organ mehr. Die Entwicklung hatte dazu geführt, dass die alten Menschen nur noch an Gehirnkrankheiten litten, und es hatte sich eingebürgert, dass sie bei Anzeichen von Demenz mittels Sterbehilfe aus dem Leben schieden. Niemand zwang sie dazu, es war lediglich zum gesellschaftlichen Standard geworden.

Es klopfte, der Doktor trat ein, setzte sich zu ihm und begann: „Wie fühlen Sie sich heute?"

„Voller Fragen, Doktor. Ich kann denken und sprechen, ich weiss, dass ich in einer Klinik bin, ich esse und schlafe, blicke aus dem Fenster, sehe andere Menschen da draussen dem Fluss entlang spazieren, Menschen verschiedenen Alters; sehe, wie es Tag wird und Nacht, und wie das Wetter wechselt. Ich weiss, dass ich existiere, aber warum ich hier bin, weiss ich nicht. Ich kenne einzelne Daten und Fakten aus meinem Leben sowie solche aus der Welt, in der wir leben, besitze aber keine vollständige Erinnerung."

„Heute ist der Tag, da Sie mehr erfahren, Damian. Sie wissen bereits, dass Sie sich in meiner Hirnklinik in Bad Schinznach befinden. Wir haben uns auf die Wiederherstellung von Gehirnen spezialisiert. Sie haben vor sechs Monaten einen schrecklichen Unfall gehabt, bei dem Ihr Gehirn beinahe total zerstört worden ist. Noch vor zehn Jahren wäre Ihr Leben zu Ende gewesen, aber heute sind wir in der Lage, zerstörte Gehirne, überhaupt zerstörte menschliche Organe, aus Ihrem eigenen Körpergewebe wiederherzustellen. Wie das genau geht, kann ich Ihnen bei Gelegenheit näher erläutern, falls es Sie interessiert."

„Und was für ein Unfall das war wollen Sie mir nicht sagen?"

„Doch, ich habe da keinerlei Probleme, ich sage Ihnen alles, was Sie wissen wollen, sofern ich Ihre Fragen beantworten kann, denn alles ist mir auch nicht bekannt. Also, der Unfall. Sie sind als Bauingenieur tätig und wurden als Gutachter für die Sanierung einer hundertjährigen Strassenbrücke zugezogen, die bei Eglisau den Rhein überquert. Die Brücke wurde gesperrt, nachdem bereits einzelne Stücke abgebrochen waren. Man hat Sie noch gewarnt, aber Sie waren offenbar so fasziniert, dass Sie sich in den gesperrten Bereich begaben und sogar mit einem Hammer den fraglichen Abschnitt abklopften, und tatsächlich haben sich einige Brocken gelöst und Sie erschlagen. Sie haben nicht einmal einen Helm getragen. Ich muss sagen, Sie haben sich ziemlich fahrlässig benommen."

„Und die andern haben mich raus geholt?"

„Unverzüglich, und das war Ihre Rettung, denn Ihr ganzer Hinterkopf und grosse Teile Ihres Gehirns waren zerstört, und wenn Sie nicht innert einer Viertelstunde im Rettungswagen in die Wiederbelebung gekommen wären, hätte ich nichts mehr ausrichten können."

Damian sah vor seinem inneren Auge sich selbst zu einer Brückendecke hoch blicken, unter der er unmittelbar stand, und mit dem Hammer gegen den alten Beton klopfen, worauf sich eine Lawine von abbröckelndem Stein löste und auf ihn niederstürzte. Er stellte sich vor, wie er den Kopf einzog und zum Schutz die Arme darüber hielt, dann aufs Gesicht fiel und dabei die Arme nach vorn riss, um den Sturz aufzufangen, so dass ihm die Steine den Hinterkopf zerschmetterten. Er verdrängte das Bild und das unangenehme Gefühl, das dieses hervorrief. Der Unfall und die Wiederherstellung seines Gehirns gehörten einer Vergangenheit an, auf deren detaillierte Kenntnis er keinen Wert legte. Ihn interessierte seine Vergangenheit vor dem Unfall.

„Und was war vorher?" fragte er den Doktor.

Der Meister verzog das Gesicht.

„Jetzt kommt der springende Punkt. Das Wissen um Ihr Leben vor dem Unfall wurde zusammen mit ihrem Gehirn zerstört. Da gibt's gar nichts zu diskutieren oder zu beschönigen, das ist eine unabänderliche Tatsache. Im Grunde genommen erwachten Sie hier im Zustand eines neugeborenen Kindes und bräuchten, um das Wissen von vierzig Jahren zu erarbeiten, wieder vierzig Jahre. Ich spreche natürlich nur von Ihrem persönlichen Wissen."

„Wie kommt es denn, dass ich eine Menge von Fakten aus meinem Leben weiss, die zwar unzusammenhängend vorhanden sind, aber sofort auftauchen, wenn ich sie benötige?"

„Das erkläre ich Ihnen gleich. Wie Ihnen bekannt ist, haben wir alle das heutige lexikalische Wissen, zusammen mit allen europäischen Sprachen ausser der Muttersprache, auf dem Mikrochip – dem sogenannten Mychip – gespeichert, der in unserem Gehirn implantiert ist und ohne den, wage ich zu behaupten, unsere europäische multikulturelle Nation nicht denkbar wäre. Das Implantat ist so ins organische Gehirn eingebettet, dass seine Informationen automatisch abgerufen werden, wenn Sie an etwas denken. Sie können diesen Abruf allerdings unterdrücken, da sonst der Informationsfluss kaum zu bewältigen wäre. Anderseits können Sie die Information auch willentlich abrufen. Wie das genau geht, wissen wir nicht, wir sind experimentell darauf gekommen. Bei Ihnen haben wir auf dem Implantat zusätzlich Ihre Muttersprache gespeichert. Das ist nicht ideal, gehen wir doch davon aus, dass der persönliche Charakter und Umfang der Muttersprache durch Erfahrung aufgebaut werden sollte, aber bei Unfällen mit Gehirnzerstörung bleibt uns keine andere Wahl."

„Tatsächlich liefert mir mein Gehirn die Begriffe bei Bedarf, noch bevor ich sie richtig verstanden habe", unterbrach ihn Damian.

„Richtig, aber wie Sie mir vermutlich bestätigen werden, kommt das Verständnis der Begriffe ziemlich schnell. Da liegt nicht das Problem. Doch nun zum schwierigsten Teil, nämlich zu Ihrer persönlichen Erinnerung. Um Ihnen vierzig Jahre Aufholarbeit wenigstens teilweise zu ersparen, haben wir in Ihrem künstlichen Gedächtnis alle dokumentierten Informationen über Ihre Person wiederhergestellt und die Fotodateien, die Sie angelegt haben, gespeichert. Das einzige, was wir nicht können, ist die Rekonstruktion jener persönlichen Erfahrungen, die nur in Ihrem Gedächtnis vorhanden waren, die Erinnerung an die Erlebnisse und die damit verbundenen Empfindungen, an die Emotionen, an das was Sie in bestimmten Situationen intensiv gespürt haben, sodass es sich in Ihrem Gedächtnis festgesetzt hat. Oder auch an Emotionen, die schwächer waren, aber sich stets wiederholten. Den Umgang mit den Empfindungen müssen Sie allerdings wieder erlernen. Zu diesem Zweck werden wir in den kommenden Wochen mit Ihnen, zusammen mit anderen Patienten, ein emotionales Aufbautraining durchführen."

Damian dachte nach und sagte dann: „Das heisst, ich bin ein geistiger Krüppel."

„Dem kann ich nicht zustimmen, aber wenn Sie es so formulieren wollen, bitte, das ist Ihre Angelegenheit. Für mich sieht die Sache so aus. Ihre Gene sind unverändert, und somit Ihr Naturell. Wir gehen davon aus, dass die dominanten Anlagen wieder zum Vorschein kommen. Weil sich die äussere Welt verändert hat, fehlen Ihnen natürlich gewisse Erfahrungen, die dazu beigetragen haben, Ihre Persönlichkeit zu formen. Andrerseits hat sich die Welt, trotz grossem technologischem Fortschritt, nicht dermassen krass verändert, dass wir annehmen müssen, vierzig Jahre später komme eine völlig andere Persönlichkeit heraus."

Damian schwieg.

„Wie auch immer, wir lassen Sie bei diesem Prozess selbstverständlich nicht im Stich. Wir geben Ihnen zumindest Starthilfe, um sich wieder zu einem vollen Menschen entwickeln zu können. Wir werden zu gegebener Zeit eine Wiederbegegnung mit den Menschen, zu denen Sie in engster Beziehung standen, herbeiführen, aber das ist ein sehr emotionaler Prozess, der aufgrund unserer Erfahrung erst zulässig ist, wenn Sie gelernt haben, mit Ihren Emotionen einigermassen umzugehen."

„Sie meinen meine Frau, meine Mutter? Mein Vater lebt nicht mehr, und Geschwister habe ich keine, sagt mein künstliches Gedächtnis."

„Gewiss, Sie werden Ihre Frau sehen, auch Ihre Mutter, Bekannte, Nachbarn. Aber Vorsicht, erstens müssen diese Menschen zuerst lernen, dass Sie Ihre Erinnerung verloren haben, und zweitens werden sie Ihnen fremd vorkommen. Sie müssen sämtliche Beziehungen neu aufbauen, in einem gegenseitigen Prozess, und es gibt keine Garantie, dass dies gelingt. Manchmal will der Patient die alten Beziehungen loswerden, und dasselbe gilt für seinen Partner. Aber Sie werden aufgrund unseres emotionalen Aufbautrainings stark, das heisst erwachsen genug sein, um so etwas auszuhalten. Verdauen Sie diese Informationen erst einmal. Ich komme morgen wieder, dann können Sie mir weitere Fragen stellen."

*

Als Doktor Meister am nächsten Morgen erschien, war Damian voller Fragen.

„Ich habe mein künstliches Gedächtnis konsultiert. Dieser Mychip, den Sie erwähnten, wird jedem von uns eingepflanzt, im Alter von fünf Jahren, richtig?"

„Korrekt."

„Und er enthält dann das ganze Schulwissen, das wir in der Primarschule lernen würden?"

„Nicht ganz korrekt. Wir pflanzen den leeren Chip ein. Der hat eine Antenne direkt unter der Haut. Spüren Sie die Naht an Ihrer rechten Schläfe? Erst wenn der Chip problemlos eingewachsen ist, im Durchschnitt nach einer Woche, laden wir über die Antenne die Informationen hoch. Damit testen wir, ob das System funktioniert."

„Und im Alter von zehn wird der Stoff der Sekundarschule hochgeladen, im Alter von fünfzehn entweder der Stoff einer Berufslehre oder des Gymnasiums, und im Alter von zwanzig der Hochschulstoff?"

„Korrekt."

„Und wer entscheidet, wer welches Wissen bekommt?"

„Die Eltern, wobei übrigens die Kinder ab fünfzehn mitreden können. Mit der gespeicherten Information, die für alle dieselbe ist, gewähren wir aber lediglich Chancengleichheit. Es ist nämlich immer noch so, dass nicht alle Menschen ihr Wissen in gleicher Weise nutzen können. Die durch die Gene bedingte Intelligenz bleibt unterschiedlich, was sich auch im unterschiedlichen Wortschatz ausdrückt. Nicht alle Menschen verstehen die gespeicherte Information. Für viele bleiben Fremdworte übrig, die sie nicht verstehen. Schon vor diesem Chip bedeutete die Zugriffsmöglichkeit auf das lexikalische Wissen nicht automatisch dessen Verständnis. Um Verständnis zu gewinnen, muss das Wissen angewandt werden. Und das geschieht in der Schule und in spezifischen Ausbildungsstätten mittels Diskussionsrunden, sowie zu Hause an den Heimcomputern interaktiv. Wobei die Diskussionsrunden in der Schule – neben dem Leben in einer Familie – auch der Sozialisierung dienen."

„Und bei nachgewiesenem Bedarf kann man sich auch später Informationen auf den Mychip laden lassen, etwa eine neue Fremdsprache?"

„Korrekt."

„Seit wann gibt es den Mychip?"

„Vor vierzig Jahren haben wir damit angefangen. Sie gehören zur ersten Generation."

„Sie selbst haben keinen Mychip?"

Der Arzt schmunzelte. „Doch, natürlich, wir Mediziner haben das System an uns ausprobiert, bevor wir es bei anderen anwandten. Fällt Ihnen sonst noch eine Frage ein?"

„Im Augenblick nicht."

„Gut. Dann kommt als nächstes das emotionale

Aufbautraining. Das beginnt morgen. Die Pflegerin wird Ihnen die Unterlagen geben."

3

Damian empfand den Raum mit den weissen Wänden, dem hellen Holzboden und den naturfarbenen Vorhängen als angenehm unaufdringlich und beruhigend. Da es sich um ein Eckzimmer handelte, war das Zimmer von Licht erfüllt, Licht mit einem grünlichen Schimmer, denn die Fenster blickten auf den Park. Die Möblierung beschränkte sich auf ein Minimum, sie bestand aus sieben bequemen Sesseln, die in einem Kreis angeordnet waren. Alle Sessel waren besetzt, und in einem sass Doktor Meister, der erklärte:

„Sie alle haben eine Gehirnerneuerung hinter sich. Zweck dieser Trainingsklasse ist es, Sie auf den Umgang mit der Welt vorzubereiten. Sie werden die nächsten zwei Monate intensiv miteinander arbeiten. Ich mache Sie noch auf die Hausordnung aufmerksam. Sie verbietet, dass Sie während dieser Zeit mit anderen Patienten oder mit Aussenstehenden in Kontakt treten, auch wenn Sie solchen Personen begegnen. Glauben Sie mir, es geschieht zu Ihrem Besten, und nach zwei Monaten sind Sie frei, zu tun, was Sie wollen. Ihre Gesprächspartner finden Sie, ausgenommen natürlich das Klinikpersonal, ausschliesslich in dieser Gruppe."

Er schwenkte den Arm in einer umfassenden Geste im Kreis herum.

„Ich stelle Sie jetzt einander vor. Neben mir sitzt Frau Doktor Myriam Gesell. Sie ist Psychologin und leitet die Klasse. Dann der Reihe nach, wie Sie sich gesetzt haben, Frau Joana Korowski aus St. Gallen, Herr Gotthard Flemm aus Zürich, Herr Mechmed Hodzic aus Luzern, Frau Joelle Chappuis aus Vevey und Herr Damian Trank ebenfalls aus Zürich. Ich schlage vor, Sie betrachten sich als eine Art Familie und nennen sich beim Vornamen. Ich überlasse Sie jetzt der Frau Doktor und wünsche Ihnen einen erfolgreichen Start."

Damians Blick war dem Zeigefinger des Doktors gefolgt. Joana Korowski schätzte er auf fünfundzwanzig. Sie war gutgebaut und sah hübsch aus, bis auf eine hässliche, gezackte Narbe, die ihre Stirn entstellte. Flemm war etwa fünfzig, er sass mit strenger Miene da, und der Overall, den er wie alle Patienten trug, schien frisch gebügelt. Damian tippte auf einen Beamten. Hodzic fand er sogleich unsympathisch: ein sehniger junger Mann mit enormem Haarschopf, der dauernd hinterhältig oder besserwisserisch grinste – so jedenfalls kam es Damian vor. Er hatte eine vernarbte Kopfwunde, bei der Damian an eine Schussverletzung dachte. Joelle Chappuis schien der Prototyp der vierzigjährigen Hausfrau und Mutter, sie war rundlich und blickte unsicher in die unvertraute Runde. Bei ihr wie auch bei Flemm war keine äusserliche Verletzung festzustellen. Daher tippte Damian auf Gehirntumor. Die Psychologin wirkte dank weissem Mantel und Brille mit übergrossen Gläsern nur einfach professionell.

Doktor Meister erhob sich, entfernte den siebenten Sessel aus dem Kreis, drehte ihn zur Wand und ging. Damian wünschte heftig, er wäre geblieben. Er war selbst überrascht über seine starke Reaktion. Er schrieb sie dem Umstand zu, dass nun niemand mehr hier sass, den er kannte, und dass er sich unter diesen fremden Menschen äusserst unwohl fühlte. Joana Korowski riss ihn aus seinen Gedanken. Sie bemerkte leichthin: „Da geht er von der Bühne ab, der Meister."

Hodzic lachte, doch in Damian wallte Zorn auf. Er sprang auf, trat auf Joana zu und schrie: „Wie können Sie nur so über den Mann reden, der uns das Leben wiedergegeben hat! Sie … Sie … undankbares … Wesen, sehen Sie lieber zu, dass Sie Ihre hässliche Narbe los werden!"

Hodzic stellte sich sofort schützend vor Joana, ergriff Damian an den Schultern und drückte ihn mit den Worten auf den Stuhl zurück: „Spielen Sie sich hier nur nicht als starken Mann auf."

Joelle Chappuis bemerkte: „Ruhig, Leute, das ist doch alles nicht so schlimm", und Flemm sprach: „Wir sollten uns zuerst über die Regeln des Benehmens in dieser Klasse unterhalten. Vielleicht sagt die Hausordnung der Klinik auch darüber etwas aus."

Joana Korowski wischte sich die Augen mit einem Taschentuch und sagte leise: „Sie brauchen mich nicht auf die Narbe anzusprechen. Ich weiss, dass ich schrecklich aussehe, aber der Doktor hat mir eine Hauterneuerung versprochen, sobald ich hier rauskomme. Die machen sie nämlich in einer anderen Klinik."

Die Psychologin stand auf und sagte: „Setzen Sie sich bitte. Alle. Und hören Sie mir zu. Sie haben soeben demonstriert bekommen, warum Sie dieses Aufbautraining brauchen. Nach einer Gehirnerneuerung sind Sie alle emotional unterentwickelt. Sie werden in dieser Klasse lernen, Ihre Emotionen in den Griff zu bekommen. Und zu diesem Zweck werden wir diesen Vorfall jetzt besprechen."

„Da gibt es nichts zu besprechen", ergriff Flemm das Wort. „Damian – ich nenne ihn beim Vornamen, wie uns der Doktor angewiesen hat – hat sich schlecht benommen und sollte sich entschuldigen."

„Der Doktor hat Sie nicht angewiesen, sondern nur vorgeschlagen, einander beim Vornamen zu nennen. Aber lassen wir das. Was meinen die anderen? Bitte, Joelle."

Joelle hob die Hand um zu signalisieren, dass sie etwas zu sagen wünschte. Sie sprach Schweizerdeutsch mit einem französischen Akzent: „Ach wissen Sie, es ist doch natürlich, dass zwischen uns Meinungsverschiedenheiten zum Vorschein kommen. Ich habe, sagt mein Gedächtnis, drei Kinder aufgezogen, die sind jetzt zweiundzwanzig, zwanzig und achtzehn, und als sie die Pubertät durchgemacht haben, da ging es in der Familie natürlich laut zu, so wie gerade vorhin, und mein Mann und ich mussten oft schlichten."

„Können Sie sich an eine solche Szene erinnern?" fragte die Psychologin.

„Nein …, eigentlich nicht. Ich weiss nur, dass in der Pubertät die geistige Entwicklung zur sozial selbständigen Individualität erfolgt. Wegen der Spannung zwischen physiologisch bedingten Körperveränderungen und einem sozial noch nicht geordneten Geschlechtsleben ist die Pubertät auch eine Phase sozialer und psychischer Unausgeglichenheit. Im Verhalten zeigen sich daher leicht hervorrufbare, starke Erregung, Gefühlsambivalenz und Gefühlsübersteigerung, Protesthaltung und ganz allgemein soziale Orientierungsschwierigkeiten."

Joelle Chappuis errötete, wie wenn ihre Aussage sie selbst erstaunt hätte.

„Donnerwetter", warf Hodzic ein, „was sind Sie? Etwa auch eine Psychologin?"

Joelle antwortete verlegen. „Nein, nur eine Hausfrau, und vor der Heirat tippte ich für eine Verkaufsorganisation Angebote ins Internet ein. Ich wäre ja gerne weiterhin berufstätig geblieben, doch leider bestimmt das europäische Arbeitsgesetz, dass Mütter mit mehr als einem Kind vollberufliche Hausfrauen sind. Angeblich soll das helfen, Arbeitslosigkeit zu vermeiden. Nur füllt mich die Hausarbeit nicht mehr aus, seit die Kinder grösser geworden sind. Daher mache ich unbezahlte Betreuungsarbeit in einer Seniorenresidenz."

„Das genügt", rief die Psychologin. „Was Sie soeben erlebt haben, war Joelles Zugriff auf das lexikalische Wissen, das auf ihrem Gehirnimplantat gespeichert ist. Das werden Sie alle auch noch an sich selbst erleben. Früher haben Sie das vielleicht zu wenig benützt, weil Ihnen Ihre Lebenserfahrung zuvorderst stand. Da diese nun fehlt, sind Sie auf das Implantat angewiesen. Aber Sie sehen sofort, dass Joelle dieses Wissen geschickt auf die vorliegende Situation angewandt hat. Sie hat den Vorgang ziemlich zutreffend beschrieben."

„Kann ich das wirklich auch?" fragte Joana Korowski.

„Wenn Sie wollen, schon."

„Na schön", sprach Flemm, „was sollen wir dann noch hier?"

„Ihre Emotionen in den Griff bekommen. Kommen wir doch nochmals auf Damians Reaktion zurück. Was meinen Sie dazu, Mechmed?"

Hodzic grinste. „Damian wollte sich vor Joana aufspielen, sie beeindrucken, vermutlich will er nichts anderes als sie ins Bett schleppen, das ist doch sonnenklar. Aber dafür ist er zu alt, so sehe ich das."

Damian schwieg und dachte, das habe ich doch gar nicht nötig. Er erinnerte sich an die Fotografie von Leda. Darauf war sie wunderschön. Sie übertraf diese Joana Korowski bei weitem. Er erklärte: „Ich bewundere den Doktor sehr. Er ist für mich wie ein Vater. Ich kann es nicht ertragen, wenn man über ihn spottet."

„Ich wollte ihn ja gar nicht verspotten", antwortete Joana, „auch ich mag den Doktor, aber ich finde nichts dabei, ein Witzchen auf seine Kosten zu machen."

„Gut", sagte Frau Gesell, „genug für heute. Ich bin mit dem Anfang sehr zufrieden. Gehen Sie nun im

Park spazieren und denken Sie über unser Gespräch nach. Darin besteht Ihre Hausaufgabe für die morgige Sitzung. Und halten Sie sich an die Hausordnung, wenn Sie anderen Personen begegnen. Reden Sie lieber miteinander. Sie haben genug Informationen über Ihr früheres Leben auf Ihrem Mychip gespeichert, um gegenseitig Fragen zu beantworten. Wobei ich Ihnen empfehle, zwingen Sie sich nicht, zu antworten, wenn Sie keine Lust dazu haben."

Alle erhoben sich und gingen hinaus in den weitläufigen Park. Zuerst blieben sie verschämt beim Eingang zum Schulungsgebäude stehen und sahen den Menschen zu, den Aussenstehenden, die den öffentlichen Fussweg entlang dem Fluss benützten, sowie den anderen Patienten, die sich im Park selbst aufhielten, meistens in Fünfergruppen, in denen Damian weitere Klassen des emotionalen Aufbautrainings vermutete.

Während sie sich zögernd zum Fluss hin bewegten, blickte sich Damian um. Er schaute sich die alten Gebäude an, hundertfünfzigjährige, solide Bauten vom Beginn des zwanzigsten Jahrhunderts. Nur die Dächer hatten ihre historische Form verloren. Anstelle der Ziegel enthielten sie Sonnenzellen, welche die Klinik mindestens teilweise mit Elektrizität versorgten. Flemm schien sich auszukennen. Er erklärte: „Früher gehörten diese Häuser einem Thermalbad. Aber nachdem die Regierung in Brüssel zum Schluss gekommen war, dass Schwefelbäder wie übrigens auch Solebäder ungesund seien, liess sie in ganz Europa derartige Quellen versiegeln – übrigens auf Kosten der Eigentümer der Bäder, was diese zwang, ihre Anlagen abzustossen."

„Hört, hört", warf Hodzic ein. Die anderen schweigen.

Damian dachte über das Geschehen nach und erkannte, dass die Art, wie Joana ihre Beziehung zu Doktor Meister gestaltete, ihn nichts anging. Wenn sie den Doktor nicht gleichermassen bewunderte wie er, war das ihre persönliche Angelegenheit. Er dachte, ich will mich bei ihr entschuldigen, und blickte suchend umher. Als er sah, dass sie mit Mechmed zum Fluss hinunter spazierte, packte ihn überraschend die Eifersucht.

„Sollten wir denn nicht zusammen bleiben, alle fünf?" fragte er Flemm, der mit Joelle in der Nähe stand.

„Ich denke auch", antwortete dieser. „Und sehen Sie nur, die jungen Leute sprechen bereits mit Aussenstehenden. Ich denke, das müssen wir Frau Gesell melden."

„Ach, das ist doch nicht nötig", sagte Joelle, „diese jungen Leute sind eben nicht so ordentlich wie wir, die scheren sich nicht um Vorschriften. Und vermutlich tauschen sie ja mit den Fremden doch nur Belanglosigkeiten aus."

*

Später, beim Essen, das die Klasse in einem eigenen Esszimmer einnahm, entschuldigte sich Damian bei Joana.

„Ist schon gut, aber sagen Sie uns doch, was Sie beruflich tun."

Damian berichtete über seinen Beruf das, was ihm auf dem Mychip gespeichert worden war, und er war sich dabei dessen bewusst. Er erklärte, dass er als Bauingenieur arbeite, die meiste Zeit des Tages in seiner Wohnung sitze und auf einem Grossrechner, der sich in England befinde, im Auftrag von Baufirmen statische Berechnungen durchführe. Die Resultate liefere er den Auftraggebern über das Internet, worauf diese vertragsgemäss Geld auf sein Konto überwiesen.

„Und was tun Sie?" fragte er.

Über Joanas Gesicht huschte ein wehmütiges Lächeln. „Hoffentlich bringen die Ärzte meine Narbe zum Verschwinden. Ich bin nämlich in der Modebranche tätig. Als Model. Wählen Sie an ihrem Monitor den Modekanal und tippen Sie den Namen unseres Hauses ein, und schon sehen Sie mich, wie ich Ihnen Kleider vorführe, die Sie sogleich bestellen können. Per Knopfdruck, falls Ihre Körpermasse auf Ihrem persönlichen Computer gespeichert sind. Aber Achtung, es ist natürlich Kleidung für Damen, und ich hoffe doch, Sie sind kein Transvestit."

Dabei lächelte sie ihn reizend an. Er fing an, die Stirnnarbe zu übersehen. Er lächelte zurück und sagte: „Wegen der Narbe können Sie beruhigt sein. Die wird durch neue Haut ersetzt. Und Ihnen zuliebe würde ich sogar auf Frauenkleidung umstellen."

Mechmed wurde unruhig und rief: „Hört mit dem Geplänkel auf, jetzt sprechen wir über unsere Berufe. Nun, ich bin Revisor. Verfüge über die notwendigen Passwörter, die mir erlauben, mich bei den Firmen, die ich betreue, jederzeit ins Rechnungswesen einschalten zu können und zu prüfen, was da vor sich geht. Ist interessant, kann ich Euch versichern, besonders wenn jemand versucht, zu schummeln. Und was Gotthard Flemm arbeitet, wird er uns nun auch mitteilen müssen."

Flemm lächelte säuerlich. „Ich habe nichts dagegen, auch noch die Karten auf den Tisch zu legen. Ich arbeite in der kantonalen Verwaltung in Zürich und erteile Ausnahmebewilligungen für die Benützung von Privatfahrzeugen."

„Gut, Sie zu kennen", rief Mechmed.

„Das interessiert jetzt nicht", erklärte Joana bestimmt, „ich will mehr von Damian hören."

Sie ging zu einem vertrauten „Du" über und sprach: „Komm, Damian, wir begeben uns in den Park."

*

Nach einer Woche sah es so aus, als hätten Joelle Chappuis und Gotthard Flemm ebenso zusammengefunden wie Damian und Joana. Damian schlief ein paar Mal mit Joana, das erste Mal in ihrem Zimmer, danach meistens bei ihm. Anfänglich war es ihm vorgekommen, als täten sie etwas Verbotenes, aber aus den Andeutungen von Frau Gesell erkannte er, dass die Klinik diese Entwicklung zumindest duldete, wenn nicht sogar befürwortete.

Erste sexuelle Erfahrungen gehören nun einmal zu einer nachgeholten Pubertät, sagte er sich und fühlte sich zu allem berechtigt Und sie liefen auch ähnlich ab. Während Damian beim ersten Mal unsicher war und nicht einschätzen konnte, ob Joana einwilligen würde, blieb diese ruhig und übernahm entschlossen die Führung. Dabei zersprengte es Damian beinahe vor Herzklopfen, und sein Erguss kam viel zu früh. Ab dem zweiten Mal überliess sie ihm die Initiative. Er kam sich vor wie im Himmel, aber nachher wirkte sie distanziert, verfiel in Schweigen, er wusste nicht, was los war und sah sich ausserstande, sie zum Reden zu bringen. Stattdessen schlief sie ein. Er lag auf dem Rücken, Joana neben sich und mit dem Rücken zu ihm gekehrt, und er verspürte in seinem Innern eine Ungewissheit, die ihn irritierte. Er benahm sich unbekümmert und ohne Bewusstsein wie ein Jugendlicher, und das schien ihm unpassend, doch sagte ihm sein künstliches Gedächtnis, dass in dieser Entwicklungsphase alles so ablaufen musste und nicht anders. Selbst Joanas plötzlicher unerklärlicher Rückzug gehörte dazu.

4

Als fünftes Mitglied der Gruppe war Mechmed Hodzic von der Paarung ausgeschlossen. Er begann, in den Gruppensitzungen demonstrativ zu schmollen, und als dies nichts bewirkte ausser ein paar nachsichtigen Bemerkungen, wurde er schwierig und verlegte sich darauf, alles bitter zu kritisieren. „Wieso soll ich weiterhin mitmachen?" fragte er die Psychologin. „Wenn diese Teenager damit fortfahren, in der Gruppe zu turteln statt zu diskutieren, ziehe ich mich zurück. Warum arbeiten wir eigentlich nicht in Sechsergruppen, drei Männlein, drei Weiblein? Oder wie wäre es, wenn Sie, Myriam, Ihre Unnahbarkeit aufgeben würden?"

Frau Gesell blickte ihn streng an. „Sie wissen genau, dass das nicht geht. Und Sie müssen mitmachen, erst am Schluss dürfen sich alle voneinander lösen. Bemühen Sie sich, mit der Situation fertig zu werden. Gerade darin besteht das emotionale Training. Denken Sie daran, dass Sie im Leben draussen wieder vor ähnlichen Situation stehen werden."

„Ohne mich", brummte Mechmed, „denn Sie können mir glauben, sobald ich in eine solche Situation gerate, sage ich schnellstens, leckt mich am Arsch, und mache eine Fliege."

*

Mechmed blühte erst auf, als Frau Gesell mit den Denkaufgaben anfing. Bei deren Auflösung war er stets der Schnellste. Er triumphierte lautstark, und Joana fing an, sich stärker für ihn zu interessieren. Eines Tages, als Damian sich mit ihr für die Nacht verabreden wollte, gab sie an, unter Kopfschmerzen zu leiden. Er unternahm vor dem Schlafen einen Spaziergang durch den nächtlichen Park und entdeckte die beiden beim zärtlichen Spiel auf einer Bank. Er zog sich leise zurück und war zutiefst gekränkt. Gleichzeitig wütete die Eifersucht in ihm.

Danach folgte eine Zeit, in der er sich des Nachts im Bett wälzte und mörderischen Phantasien hingab. Manchmal stellte er sich vor, wie er Joana erwürgte, dann, wie er Mechmed niedermetzelte, nachdem er ihn kastriert hatte. Tagsüber war er niedergeschlagen und wich Joana in einer Mischung von Grimm und Angst aus. Sie schien sich nichts daraus zu machen und tat, als sei zwischen ihnen nichts Besonderes geschehen, was ihn nur noch mehr reizte.

Als ihn die Psychologin während einer Gruppensitzung fragte, weshalb er denn so niedergeschlagen sei, brach es aus ihm hervor. Er sei enttäuscht über Joanas Treulosigkeit, ja sogar Flatterhaftigkeit, sprach er mit tränenerstickter Stimme. Gotthard Flemm lachte laut und rief: „Ja, so geht es eben, wenn man nicht eine reife, den Launen standhaltende Beziehung aufbaut, wie Joelle und ich es getan haben."

Damian hasste ihn dafür aus tiefstem Herzen. Wären sie allein gewesen, hätte er diesem Flemm die Zähne eingeschlagen. Die Psychologin schien genau zu wissen, was in ihm vorging. Sie forderte ihn auf, seine Gefühle auszusprechen, was er tat.

„Ausgezeichnet", sagte Frau Gesell. „Bitte erinnern Sie sich daran, wie Joelle am Anfang die Pubertät beschrieben hat. Diese emotionale Phase müssen Sie alle jetzt durchlaufen, aber das geht ziemlich schnell vorüber. Damian spürt gewalttätige Gefühle, kann sich aber beherrschen. Er ist bereits genügend sozialisiert."

„Jedenfalls mehr als Gotthard", sprach Joelle, verliess den Platz neben Flemm und setzte sich zu Damian. Zu Flemm sagte sie: „Es hat mir gar nicht gefallen, wie du Damian provoziert hast."

*

Nach der Sitzung ging Joelle mit Damian im Park spazieren. Sie hängte sich bei ihm ein, und es erregte ihn, ihren reifen Körper an seiner Seite zu spüren. Er vergass Joana, und sie verbrachten eine Reihe von Nächten miteinander.

Nun war es Flemm, der ausgeschlossen war. Das dauerte nicht lange. Mechmed schien genug von Joana zu haben und schloss sich dem älteren Mann an. Sie besorgten sich Spielkarten, setzten sich in den Park, bestellten sich ein paar Flaschen von dem alkoholfreien Bier, das in der Klinik erlaubt war, und spielten stundenlang. Oder sie sassen am Flussufer und redeten übers Angeln. Sie forderten Damian auf, sich zu ihnen zu gesellen, was dieser erst tat, als sich Joelle Joana zuwandte. Die beiden Frauen unterhielten sich nur noch auf französisch, weil Joana diese Sprache liebte, und sie fanden in Frauenthemen unerschöpflichen Stoff.

Als Damian mit seinen Kollegen das erste Mal am Flussufer sass und scherzhaft bemerkte, er würde lieber Wein trinken, erklärte Mechmed: „Kein Problem. Wir sind ohnehin zum richtigen Bier übergegangen. Nur müssen wir leider die Flaschen diskret entsorgen." Er nahm eine leere Flasche und warf sie in die Aare.

„Wie denn das?" fragte Damian neugierig.

Mechmed erklärte grinsend, er habe einen Jungen, der regelmässig auf dem Fahrrad dem Fluss entlang fuhr, angesprochen und ihn engagiert, Dinge zu besorgen, die man in der Klinik nicht bekommen könne.

„Gut gemacht", sagte Flemm, „ich mag das alkoholische Bier nämlich auch lieber, wobei der Unterschied nicht so gross ist." Er konnte sich an die Zeit erinnern, als das Bier noch stärker gewesen war. Doch hatte die Regierung in Brüssel vor zwanzig Jahren den Alkoholgehalt von Bier generell auf ein Prozent herabgesetzt. „Um den Muslimen entgegenzukommen", erklärte Flemm. „Blödsinn", brummte Mechmed und trank seine Flasche aus, „die Brüsseler Bürokraten sind Gesundheitsfanatiker, und keiner ist da, der sie bremsen kann."

*

Eines Morgens überraschte die Psychologin die Runde mit der Frage, worüber sie miteinander sprachen. Es stellte sich heraus, dass die Familienverhältnisse tabu geblieben waren.

„Das ist durchaus in Ordnung", erklärte Frau Gesell. „Es hängt damit zusammen, dass Sie Ihre früheren Bezugspersonen noch nicht wieder gesehen haben. Zur Zeit sind Sie die wichtigsten Bezugspersonen für einander. Ich möchte jedoch wissen, ob Sie miteinander über die Gründe Ihres Klinikaufenthalts gesprochen haben."

„Klar", rief Mechmed. „Mit Gotthard habe ich darüber geredet."

„Und die andern?"

Damian, Joana und Joelle schwiegen betreten.

„Reden Sie darüber", sagte die Psychologin. „Üben Sie das in diesem Kreis. Sie werden nicht darum herum kommen, es auch anderen Menschen zu erklären, etwa wenn Sie jemanden aus Ihrer Vergangenheit nicht mehr erkennen, oder sich in Ihrer früheren Umgebung nicht zurechtfinden. Wer fängt an?"

Flemm sagte nur: „Hirntumor".

Wie ich vermutet habe, dachte Damian, und berichtete kurz von seinem Unfall.

Joana wurde bleich, fasste sich aber und berichtete, sie habe Streit mit ihrem Freund gehabt. Der sei handgreiflich geworden und habe ihr eine schwere Glasvase an den Kopf geworfen.

Joelle Chappuis hatte eine heftige Hirnblutung erlitten, bei dem ein grosser Teil des Gehirns zerstört worden war.

Und Mechmed?

„Ihr seht doch, dass es eine Schussverletzung ist, oder nicht? Ich bin da in etwas rein geraten. Einer meiner Freunde fand plötzlich, er könne mit meinem Zugang als Revisor ein Geschäftskonto plündern. Er meinte, er müsse mir seine Pistole an den Kopf drücken. So etwas lasse ich mir nicht gefallen, ich wurde wahnsinnig vor Wut, schlug die Hand mit der Waffe weg und haute ihm eine rein. Da löste sich ein Schuss."

„Und was geschah mit ihm?"

„Als ich mit blutendem Kopf da lag, dachte er ich sei tot und flüchtete – hat man mir erzählt. Ich glaube, er ist noch nicht gefasst."

Damian mochte Mechmed nicht, bewunderte aber widerwillig dessen Mut. Gotthard schwieg, und die beiden Frauen kritisierten Mechmeds Leichtsinn.

*

Als die zwei Monate, von denen Doktor Meister gesprochen hatte, zu Ende gingen, wurden die Gruppensitzungen immer langweiliger. Frau Gesell hatte Mühe, Themen zu finden, die sich für eine Diskussion mit verschiedenen Standpunkten eigneten. Es flackerten kaum mehr Emotionen auf, sie hatten gelernt, einander zu akzeptieren. Alle traten sie jetzt einzeln auf und behandelten einander so, wie es in einer Schicksalsgemeinschaft üblich war, die eine schwierige Zeit durchgemacht hatte.

Damian fühlte sich allen Personen dieser Gruppe gleich stark verbunden, und er vermutete, den anderen ging es ebenso. Er dachte jetzt öfter an Leda, seine Frau, die in der Welt draussen lebte, und manchmal an seine Mutter. Und er stellte sich vor, wie er an seinem Schreibtisch sass und Berechnungen anstellte.

An einer der Sitzungen kam es zu einer lebhaften Diskussion, die nach Damians Ansicht eine wichtige Erkenntnis brachte. Es war Mechmed, welcher die Psychologin fragte: „Sagen Sie mal, Frau Doktor, wäre es nicht möglich, den Leuten über diese sagenhafte Antenne Ideen einzupflanzen, welche die Welt nach irgendeinem Schema erklären?"

Die Psychologin strahlte.

„Endlich. Wären Sie nicht auf die Frage gekommen, ich hätte sie selbst bringen müssen. Nun, theoretisch ist das, was Sie sagen, natürlich möglich. Das ganze Vorgehen ist aber durch strenge Gesetze und technische Barrieren geregelt und wird von einer Ethikkommission überwacht, in der alle politischen Strömungen vertreten sind. Nur die entsprechenden Schulkommissionen sind in der Lage und haben die Erlaubnis, Informationen auf den Mychip zu laden. Anfänglich gab es, nicht verwunderlich, eine Bewegung, welche forderte, dass zumindest die Bibel, der Koran und ähnliche Werke auf den Mychip gelangen. Das ist aber ausgeufert, da sogleich verschiedene religiöse Sekten und dann auch noch die politischen Bewegungen ihr Interesse anmeldeten. Daher entschied das Europaparlament, nur Schulwissen zu berücksichtigen."

Flemm grinste Mechmed an: „Zum Glück hast du

den Koran nicht intus, sonst hättest du nicht mit uns Bier getrunken."

*

Dann kam die letzte Gruppensitzung. Damian wusste es, weil Doktor Meister sich ihnen anschloss. Der Meister verkündete, dass sie reif seien, der Welt wieder gegenüber zu treten.

Er sagte: „Sie werden nun Menschen, die Ihnen nahegestanden sind, begegnen und in den Alltag hinaus treten. Denken Sie daran, dass Sie die früheren Beziehungen wieder aufbauen müssen. Und erschrecken Sie nicht, wenn Ihnen vieles, dem Sie in der Welt begegnen, unbekannt ist. Das kann in einzelnen Fällen zu Schwierigkeiten führen. Ich gebe Ihnen dieses Kärtchen mit unserer Notrufnummer mit. Sie können jederzeit bei uns Hilfe anfordern. Zögern Sie nicht. Wir haben viel in Ihre Rehabilitation investiert und möchten einen Misserfolg vermeiden. Gehen Sie jetzt auf Ihre Zimmer und packen Sie Ihre Sachen. Morgen werden Sie abgeholt, wir haben alles organisiert."

Flemm blickte sich um und erklärte: „Ich bin der Älteste, also erlaube ich mir, Ihnen im Namen der ganzen Gruppe zu danken. Glauben Sie mir, wir wissen, was Sie für uns getan haben. Wir werden an Sie als an unseren Meister zurückdenken."

Damian kam die Szene fast unerträglich feierlich vor. Dann standen alle auf, es gab ein Durcheinander von Händeschütteln und Umarmungen, aber kein Versprechen, sich in der Welt draussen wieder zu sehen. Plötzlich schoben sich unsichtbare Wände zwischen sie.

Sie kehrten nachdenklich in ihre Zimmer zurück, ohne miteinander zu reden. Und Damian fragte sich bange, ob er schon früher solche Situationen des Auseinandergehens erlebt hatte, etwa beim Abschluss der Schulzeit oder des Studiums.

5

Damians Herz schlug heftig, als er durch die einen Spaltbreit geöffnete Türe hörte, wie sich leichte Schritte seinem Zimmer näherten. Er zog die Türe auf und sah die Frau auf der in seinem künstlichen Gedächtnis verewigten Fotografie vor sich – in Wirklichkeit noch anziehender als auf dem Bild. Seine Ehefrau zwar, aber ebenso eine Fremde, von der er nur die biographischen Daten kannte. Leda lächelte ihm zu und umarmte ihn sanft. Er merkte, wie er sich unwillkürlich der Umarmung entwand.

„Erkennst du mich?" fragte sie.

„Gewiss. Ich hole mir in der letzten Zeit dein Bild sehr oft zurück. Aber ich muss dich erst wieder kennen lernen, und du mich vermutlich auch."

„Doktor Meister hat uns auf die Situation vorbereitet. Weisst du, dass ich mehrmals hier war?"

„Ich bemerkte nichts davon."

„Du lagst im Koma, es war schrecklich, aber sie machten mir Hoffnung. Ich war froh, etwas für dich tun zu können und lieferte ihnen alle Informationen über dich, über uns, die ich greifen konnte. Ich gab ihnen alle persönlichen Dateiordner auf deinem Computer, mit Fotodateien, amtlichen Ausweisen und Korrespondenz, sogar deine fachlichen Rechenprogramme mit Daten. Und ich verpflichtete mich, dich in der ersten Zeit draussen zu begleiten. Auch deine Mutter haben sie befragt. Sie möchte dich natürlich auch sobald als möglich sehen. Bist du bereit, sie am nächsten Wochenende zu besuchen? Sag noch nichts, zuerst fahren wir nach Hause."

Sie hatte ihm Kleider gebracht, die er gegen den Overall der Klinik tauschte. Die Kleider empfand er als ungewohnt, Leda musste ihm beim Anziehen helfen.

Sie verliessen die Klinik. Er war neugierig auf die Welt, aber ihm war auch bange, weil er seine bisherige Zuflucht verlor. Aber als er von der Einfahrt aus zurückblickte, erschienen ihm die Gebäude bereits fremd. Er hatte nichts mehr damit zu schaffen.

Vor dem kleinen, altertümlichen Bahnhof von Schinznach Bad, einem musealen Gebäude aus dem neunzehnten Jahrhundert, verliefen keine Geleise mehr, seit die Bahnen unter den Erdboden verlegt worden waren. Dies waren Fakten, die ihm sein künstliches Gedächtnis meldete. Was neu war, waren die Eindrücke, welche die Bilder in ihm hervorriefen. Den Sonnenschein, die milde Luft mit Düften von Pflanzen empfand er als wohltuend und angenehm aufregend. Aber dass er sich allein nicht zurechtfand, ängstigte ihn. Er war froh, dass er Leda bei sich hatte, die ihm vormachte, wie die Welt funktionierte. Geduldig erklärte sie ihm alle praktischen Vorgänge, von denen sein Implantat nur die Theorie lieferte.

Er schaute zu, wie sie im Bahnhof ihr Mobcom – die persönliche mobile Kommunikationseinheit für Telefonie, Navigation, Zahlungen, Aufzeichnungen in Ton und Bild sowie viele weitere Applikationen, welche dem Träger aktuelle Daten lieferten – an einen Automaten hielt und auf diese Weise den Fahrpreis beglich. Im ausgehöhlten Gebäude stiegen sie mehrere Treppen hinab, bis sie in eine Tunnelröhre gelangten. Hier herrschte gedämpftes künstliches Licht, und ein Luftzug strich ihnen entgegen. Dann warteten sie, Damian erstmals in seinem neuen Leben, auf dem Bahnsteig auf den Zug. Er bemerkte:

„Ich komme mir vor wie ein Zeitreisender oder Astronaut, der eine völlig neue, ihm unbekannte Welt betritt, von der er zwar die Fakten kennt, aber deren Einrichtungen er nicht zu bedienen weiss."

„Ich bin die Eingeborene, die gerne die Aufgabe übernommen hat, dich einzuführen", lächelte Leda.

Der Zug fuhr ein, ein sauberes, stromlinienförmiges Gebilde mit bequemen Sesseln. Zwar waren die einzigen Öffnungen die Türen, aber innen sah Damian plötzlich Fenster, die eine vorbeihuschende Parklandschaft zeigten. Er war höchst verwundert und bombardierte Leda mit Fragen, anstatt das Wissen von seinem Implantat abzurufen. Sie erklärte, dass es sich um Bildschirme handle, über die ein Film lief, so gesteuert, dass das Bild zum entsprechenden Ort auf der Erdoberfläche passte. „Aber sie zeigen die Umgebung stets bei schönem Wetter, auch wenn es stürmt. Nur die Jahreszeiten berücksichtigen sie. Pünktlich am ersten September haben sie auf den Herbst umgeschaltet."

Der Zug bewegte sich beinahe unmerklich, nur beim Anhalten und Abfahren spürte Damian Kräfte an seinem Körper zerren. Alle paar Minuten kam eine Station, Menschen stiegen zu oder aus. Alles spielte sich ruhig ab, jeder schien mit sich selbst beschäftigt zu sein, nur vereinzelt waren Mütter mit Kindern unterwegs, deren Stimmen durch den Bahnwagen schallten.

Dann stand Leda auf und erklärte: „Wir kommen gleich in Zürich an."

Sie hatte ihm ein neues Mobcom mitgebracht. Sein früheres war beim Unfall zerschmettert worden. Sie zeigte ihm, wie er das Gerät halten musste, damit dieses stets seinen Fingerabdruck erkennen konnte. Er kontrollierte die Zeit und stellte fest, dass seit der Abfahrt ungefähr eine halbe Stunde vergangen war. Als sie den Zug verliessen und sich von der Rolltreppe empor fahren liessen, bewegten sie sich plötzlich in einer für ihn ungewohnten Menschenmasse, die sie wie ein Fluss in der vorgegebenen Richtung mitriss. Damian ergriff Ledas Hand, er hatte plötzlich Angst, sie zu verlieren, endgültig, weil nicht klar war, wie sie sich im Gewühl je wieder finden konnten.

„Auf dieser Ebene fahren die städtischen U-Bahnen", erklärte Leda.

„Können wir zu Fuss gehen?"

„Wenn du dich stark genug fühlst. Wir können auch ein Taxi nehmen."

„Die Klinik verordnete uns ein regelmässiges Fitnesstraining. Lass uns marschieren."

Sie fuhren weiter nach oben. Damian wusste, dass er unzählige Male durch diese Bahnhofshalle geschritten war, doch kam sie ihm vor wie in einer fremden Stadt. Als sie ins Freie traten, hatten sich die Menschen in alle Richtungen verlaufen.

Damian sah die Stadt vor sich. Der Anblick der Blocks von modernen Geschäftshäusern, jedes ein Beispiel einer individuellen Architektur, die dennoch ins Gesamtbild passte, faszinierte ihn.

„Was empfindest du? Kommt dir etwas bekannt vor?" fragte Leda und hängte sich bei ihm ein.

„Ich fühle mich ein wenig benommen. Mir gefällt die Bauweise, ich schaue mir gerne die Strassenbilder an."

„Es scheint, du bist immer noch derselbe. Du warst immer fasziniert von der Architektur. Hast dich ja auch um eine Aufnahme in die schweizerische Baukommission beworben, welche den Charakter der Quartiere in Städten und Dörfern festlegt. Ist alles in deiner Korrespondenz und somit auf deinem neuen Mychip."

„Und was ist herausgekommen?"

„Bisher noch nichts. Du musst wohl selbst nachfragen."

„Das werde ich tun."

„Vorsicht!"

Damian war unversehens auf die Strasse getreten und beinahe in ein geräuschlos fahrendes Auto hineingelaufen, das in lautem Protest hupte.

„Gib acht, wenn du die Strasse betrittst. Private Autos sind in der Innenstadt verboten, aber die Taxis fahren ziemlich schnell."

Sie überquerten die Limmat und stiegen den Berg hinan, vorbei am historischen Gebäude der Technischen Hochschule, an der Damian studiert hatte, und an der Universität und der Universitätsklinik. All diese Bauten standen in einer Parklandschaft, wie überhaupt das Stadtbild durch viele Grünflächen aufgelockert war.

Der ausgedehnte Spitalkomplex wirkte hypermodern. Sein künstliches Gedächtnis teilte Damian mit, dass er in den letzten zwanzig Jahren völlig erneuert worden war. Seit die Medizin mit Hilfe der Gentechnologie in der Lage war, innert kurzer Zeit neue Organe und Gliedmassen wachsen zu lassen, waren neue Kliniken entstanden. Es gab zwar noch Krankheiten wie Krebs und Infektionen, und Menschen konnten daran sterben, doch die Heilungschancen waren enorm gestiegen.

„Warum haben sie mich nicht hier behandelt?"

„Weil die Wiederherstellung von Gehirnen praktisch den letzten Entwicklungsschritt darstellt, und weil dein Meister einer der wenigen Ärzte ist, die diese Technik beherrschen. In ein paar Jahren werden sie das hier auch können."

„Das heisst, vor wenigen Jahren wäre ich nicht mehr auferstanden. Ich sehe ein, dass das ein gewaltiger Schritt ist. Doch sehr viele Patienten wird es nicht geben, da die Gehirnkrankheiten vor allem alte Menschen plagen, die bereits über achtzig sind, wenn ein Organersatz nicht mehr erlaubt ist."

„Wir werden sehen. Seit das Gesetz in Kraft ist, versprechen sämtliche politischen Parteien, die Wirtschaft so stark zu entwickeln, dass sie mehr Menschen ernähren kann. Erst dann wird es möglich sein, nach und nach das zulässige Alter hinaufzusetzen."

Sie erreichten eine Strasse mit Villen, die teils zweihundert Jahre alt, teils neu, aber gemäss Anordnung der Baukommission im selben Stil errichtet worden waren. In einer davon befand sich ihre Wohnung. Damian erkannte den Hauseingang vom Bild in seinem Gedächtnis. Leda öffnete die Haustüre mit ihrem Mobcom. Sie stiegen die Steintreppe hinauf, die vom durch bunte Glasscheiben einfallenden Licht farbig gesprenkelt war. Damian war entzückt.

„Wie damals, obschon du dich nicht erinnern kannst", stellte Leda fest.

„An was?"

„Daran, wie dich dieses Farbenspiel, als du es zum ersten Mal erblicktest, in eine derartige Begeisterung versetzte, dass du mir hier auf der Treppe feierlich verkündetest, ohne Rücksicht auf den Preis die Wohnung mieten zu wollen."

„Ich weiss nichts mehr davon, aber ich bin dem Anblick soeben erneut verfallen und freue mich, dass wir hier wohnen."

„Das ist schön", rief Leda, „denn das beweist wiederum, dass du immer noch derselbe bist."

Sie betraten die Wohnung. Leda führte ihn durch die Zimmer und zeigte ihm alles, den Home Server, mit dem sie Bücher, Filme und Musik aus dem Internet auf dem „Weltbild" – dem grossen Monitor an der Wohnzimmerwand – abspielen konnten, den eigenen Musikserver, auf dem rund zweitausend Musikstücke gespeichert waren, und schliesslich die gemeinsam erworbenen Kunstgegenstände. Damian gefiel alles ausser den schwarzen Holzfiguren aus Afrika. Er sah, dass Leda enttäuscht war.

„Aber die hast du früher geliebt", sagte sie unsicher.

„Ich weiss nicht mehr warum. Und warum die separate Musikanlage? Wir können doch alle Musik aufs Weltbild herunterladen?"

„Du wolltest das so. Eine eigene Sammlung anlegen, die deinem Geschmack entspricht." Sie schaltete den Rechner ein, und auf dem Weltbild erschien eine Liste von Musikstücken. „Erkennst du die wieder?"

Er schüttelte den Kopf. „Die Namen habe ich auf dem Mychip. Aber ich kann keine Beziehung dazu herstellen."

„Schade. Aber vielleicht kommt das wieder."

Dann stand er vor seinem Arbeitsplatz. Er setzte sich und schaltete den Arbeitsrechner ein. Der Bildschirm flackerte auf und zeigte die Benutzeroberfläche. Damian holte eine seiner Arbeitsdateien hervor. Verwundert fragte er:

„Wieso kann ich das?"

Leda lachte. „Sie haben dir sämtliche Anleitungen auf dein Implantat programmiert, ebenso deine Rechenverfahren. Und da bereits zwei Aufträge auf dich warten, könntest du sogleich mit der Arbeit beginnen. Nötig hast du es nicht. Trotz Arbeitsausfall ist dein Kontostand noch genügend hoch. Du kannst dich jetzt weiter umsehen oder mit mir kommen, ich mache uns etwas zu essen."

Er folgte Leda in die Küche und schaute zu, wie sie mit geschickten Handgriffen und mit Hilfe der kombinierten Kocheinheit mit Esswaren aus dem Kühlschrank eine Mahlzeit zubereitete und eine Flasche Wein entkorkte.

„Dein Lieblingswein, ein Amarone, guter Jahrgang."

Damian kostete den Wein und fand ihn angenehm, aber nichts Besonderes. Sie assen. Das Essen schmeckte ihm, und er lobte ihre Kochkunst. Am Schluss fragte er:

„Weisst du, weshalb das mein Lieblingswein war?"

„Nein. Wir haben nie darüber gesprochen. Aber du hast einmal gesagt, dass du ihn auf deiner ersten Reise in den Süden kennengelernt hast, nach dem Studium allein unterwegs in Norditalien."

„Und seitdem war das mein Lieblingswein?"

„Du hast auch andere getrunken, aber bei besonderen Anlässen stets diese Sorte."

Damian war bestürzt. Er schob den Teller weg.

„Was hast du? Du bist ganz bleich!"

„Es geht mir tatsächlich nicht gut."

„Leg dich hin. Soll ich mitkommen?"

„Nein, lass mich lieber allein."

Er lag rücklings auf dem Bett und dachte nach, während eine Welle von Trauer heftig in ihm aufwallte. Plötzlich wurde er sich der unwiederbringlichen Verluste bewusst: die Beweggründe für die Auswahl der Musik, für die Freude an den Holzfiguren und an diesem Wein waren ihm nicht mehr geläufig. Er dachte, jetzt ist mir ein Licht aufgegangen, ich sehe, was die verlorene Erinnerung bedeutet. Dass er diesen Wein besonders liebte, hatte nichts mit dessen Eigenart zu tun, sondern musste mit einem Erlebnis zusammenhängen.

Er wusste, er hatte vor fünfzehn Jahren diese Reise unternommen, aber damals hatte er vollkommen frei in den Tag hinein gelebt und, obschon er sein Mobcom dabei hatte, weder Fotos noch Notizen gemacht. Nicht einmal nach Hause telefoniert hatte er, womit er seine Mutter sehr verärgerte. Er stellte sich nun die möglichen Erlebnisse vor, indem er auf seine auf dem Mychip vorhandenen Lieblingsbücher zurückgriff. Vielleicht hatte er ein Mädchen kennengelernt, mit ihr ein paar glückliche Tage an einem norditalienischen See verbracht, und dabei hatten sie den Amarone getrunken. Oder er hatte über diesem Wein mit einem intelligenten Menschen ein unvergessliches, existentielles Gespräch geführt. Junge Menschen hatten solche Erlebnisse und bewahrten sie für immer in einem Schatzkästchen ihrer Erinnerungen auf, Meilensteine der Lebenserfahrung, die ihm nun fehlten.

Das Gefühl, etwas Wesentliches verloren zu haben, lähmte ihn. Er dachte, wenn alle dasselbe Wissen eingepflanzt bekommen, dann sind, obschon der Doktor von der unterschiedlichen Anwendung des Wissens gesprochen hat, die Eigenheiten eines einzelnen Menschen vor allem durch seine Erlebnisse und Erfahrungen bestimmt – und diese sind bei mir weg.

Seine Lebenslust von vorhin, als er sich über die Architektur im Stadtzentrum und dann über das Spiel der farbigen Glasscheiben gefreut hatte, war verflogen. Plötzlich war er nicht mehr sicher, ob er dieses neue Leben überhaupt wollte. Darüber schlief er ein.

6

Nach zwei Tagen hatte Damian sich so weit gefasst, dass ihm schien, er könne sich mit seiner Situation abfinden. Nach dem Schock hatte er sich wütend in die Arbeit gestürzt und schwierige baustatische Berechnungen zur Zufriedenheit von zwei Auftraggebern erledigt, die das Honorar samt Bonus für die prompte Erledigung sogleich auf sein Konto überwiesen.

Na also, dachte er, ich kann wieder berufsmässig funktionieren und für meinen Lebensunterhalt problemlos aufkommen. Und als er die jetzigen Arbeitsrapporte mit früheren verglich, gestand er sich ein, dass er schneller arbeitete als früher, vermutlich weil sie ihm seine Rechenmethoden auf dem Implantat gespeichert hatten.

Leda kümmerte sich unermüdlich um ihn. Sie hatte ein paar Tage frei genommen und war ganz für ihn da, und wenn er es wünschte, liess sie ihn allein. Sie benahm sich sehr zurückhaltend, wofür er ihr dankbar war – er hatte Angst, bedrängt zu werden. Sie ging verständnisvoll auf seine Bedürfnisse ein, und das Wichtigste, sie war ehrlich zu ihm. Als er sie, einer Eingebung folgend, fragte, ob sie ihn so liebe wie zuvor, antwortete sie:

„Ich weiss es nicht. Frag mich bitte nicht danach, solange ich, gemäss Doktor Meister, eine Mutterrolle für dich spielen muss. Ich werde es, sagt der Doktor, erst in ein bis zwei Monaten wissen. Jedenfalls bist du äusserlich der Gleiche wie zuvor, du siehst sogar noch etwas jünger aus, erholter, schlanker, und oft reagierst du wie früher, aber manchmal auch vollkommen anders. Dann kommst du mir vor wie ein fremder Mensch. Immerhin so sympathisch und interessant, dass ich spüre, ich möchte dich gerne näher kennenlernen."

Er dachte, ich bin also doch nicht gestorben, während Leda das Weltbild einschaltete. Vor dem Unfall habe er das Gerät kaum mehr benützt, es habe ihn gelangweilt, erklärte sie. Der Doktor habe ihr empfohlen, es möglichst oft einzuschalten, dies gehöre zu Damians Therapie, um sich in der Welt wieder zurechtzufinden. Sie sass neben ihm und strickte an einem Pullover für ihn, und er blickte auf die quadratmetergrosse Fläche an der Wand des Wohnzimmers und stellte ihr Fragen, wenn er etwas nicht verstand.

Und plötzlich fiel ihm auf, dass sie strickte. Wozu das? Sie hatten in ihrer Wohnung eine sogenannte Produktionseinheit, die zu Beginn des Jahrhunderts als 3D-Drucker bekannt wurde und mit der sie – wie jedermann – viele Gegenstände des täglichen Gebrauchs herstellen konnten, solange Kunststoff dafür tauglich war. Leda verwendete Kaschmirwolle zum Stricken, aber auch deswegen hätte sie nicht zu stricken brauchen: Praktisch sämtliche Kleidungsstücke aus beliebigem Material konnte man über das Internet beschaffen. Ein Link zur persönlichen Seite auf dem Mobcom, auf der nebst vielen anderen Daten auch die Körpermasse gespeichert waren, genügte.

„Warum strickst du überhaupt? Das ist neu, früher hast du das nicht getan."

„Es macht mir Spass. Und ich bin nicht die einzige. Anachronistische Tätigkeiten sind zunehmend beliebt."

Leda konnte ihm seine Fragen zu dem, was das Weltbild lieferte, unverzüglich und ausreichend beantworten. Sie stellte fest, dass er ausserordentlich schnell lernte. Er könne sich fast alle Informationen sofort merken und sehe sogleich die Zusammenhänge.

„Du hast das Gehirn eines Neugeborenen, äusserst aufnahmefähig, ich habe es dem Doktor nicht geglaubt, aber jetzt kann ich mich selbst davon überzeugen."

*

Am Abend schauten sie einen Film an, den Leda von der Stadtmediothek über das Internet ausgeliehen hatte. Filme liessen sich auch direkt über das Internet beziehen, aber sie hatten den Nachteil, dass sie immer mit Werbeblocks versehen waren, die sich nicht überspringen liessen. Leda erklärte:

„Du hast dich immer aufgeregt über diese Werbung. Die Produktwerbung konntest du noch akzeptieren, aber jene vorwiegend staatliche Werbung über das gute Verhalten – lebe gesund, korrekt und ethisch – hat dich immer abgestossen. Du hast gesagt, du müsstest dich nicht dein ganzes Leben lang von anonymen Beamten erziehen lassen."

„Das finde ich immer noch."

Es handelte sich um einen Schwarzweissfilm aus dem letzten Jahrhundert, der Damian tief beeindruckte, weil er ihm seine eigene Lage vorführte.

Ein Mann erschien in einer Psychiatrischen Klinik und gab sich als der neue Chef aus, der bereits erwartet wurde. Doch benahm er sich merkwürdig und weckte den Verdacht einer Kollegin. Sie war schliesslich überzeugt, dass er der falsche Mann und zudem ein paranoider Betrüger war. Er gestand ihr, dass er glaube, den echten Arzt getötet und dessen Identität übernommen zu haben. An seine wahre Identität konnte er sich nicht erinnern. Sie war bereit, ihm zu helfen. Gemeinsam machten sich die beiden daran, das Schicksal des echten und die Identität des falschen Arztes herauszufinden. Mit Hilfe eines alten Professors, der einen Traum des falschen Arztes analysierte, fanden sie schliesslich heraus, dass dieser den Mord am echten Arzt nicht begangen hatte, aber Zeuge davon gewesen war. Und in der Erinnerung hatte er dieses Ereignis mit dem Unfalltod seines Bruders verknüpft, an dem er sich schuldig glaubte und den er gründlich verdrängt hatte. Am Schluss fanden sie unter dramatischen Umständen den wahren Mörder.

Damian rief aus: „Bei mir liegt der Fall anders, meine Identität ist klar, ich bin Damian. Aber meine Persönlichkeit habe ich teilweise verloren. Wir sollten die Stätten meines früheren Lebens aufsuchen, um dieses so weit wie möglich zu rekonstruieren."

Leda nickte: „Am Sonntag fahren wir zu deiner Mutter aufs Land, sie lebt immer noch in deinem Elternhaus. Damit wollen wir beginnen."

*

Am Samstag fühlte sich Damian endlich stark genug, um der Welt wieder gegenüber zu treten. Leda schlug vor, gemeinsam Lebensmittel einzukaufen, wie sie das immer getan hatten, weil das ‚Capricorne' samstags erst am Abend öffnete.

Eigentlich liessen sich Lebensmittel sehr einfach am Weltbild einkaufen. Man wählte den Internet-Shop, dann die Produktgruppe, und konnte aus den entsprechenden Bildern samt Beschreibung die Produkte auswählen. Die Kosten wurden ihrem Konto belastet, und einige Stunden später fanden sie die Einkäufe im Postfach am Hauseingang.

Damians künstliches Gedächtnis sagte ihm, dass der Vorgang des Einkaufens früher nicht so reibungslos abgelaufen war, aber er spürte keine Erleichterung und war überrascht, dass ihm die Steigerung der Bequemlichkeit nichts bedeutete. Vielleicht weil er sich nicht an die Unbequemlichkeit seiner Jugend erinnern konnte. Er wusste nur, dass er in einer weniger glatt organisierten Welt aufgewachsen war.

Allerdings hatten einige Nostalgiker vor einigen Jahren im Quartier eine sogenannte „Markthalle" eröffnet, wo man beinahe wie früher einkaufen konnte. Und diese hatten Leda und Damian regelmässig aufgesucht.

Im Treppenhaus hörten sie jemanden eine Etage tiefer die Wohnung verlassen. „Das sind Sung und Lioba Hunkeler, unsere Nachbarn. Bist du bereit, ihnen zu begegnen?"

Damian zog es zuerst unwillkürlich in die Wohnung zurück, doch dann gab er sich einen Ruck. „Warum nicht, einmal muss es ja sein."

Damian war vom asiatischen Aussehen von Sung Hunkeler überrascht, versuchte aber, sich nichts anmerken zu lassen. Lioba Hunkeler lächelte schüchtern und sagte: „Es freut mich, dass du wieder gesund und daheim bist, Damian."

Sung Hunkeler hingegen begrüsste ihn lärmig: „Lass dich betrachten, prima haben sie dich zurecht geflickt, siehst besser aus als früher, kannst vermutlich auch besser denken mit deiner neuen Birne, haha, würde mir auch gut tun, meine Gehirnzellen sind vom Alkohol schon reichlich reduziert."

Damian fühlte sich von Hunkelers Dreistigkeit, mit der er eine natürliche Distanz zwischen ihnen wegwischte, beleidigt. Leda rettete ihn, indem sie erklärte, Damian sei noch schonungsbedürftig, und ihn vom Ehepaar wegführte.

Unterwegs erzählte sie ihm, er habe früher einmal gesagt, mit seinem burschikosen Ton versuche Sung Hunkeler, von seinem asiatischen Aussehen abzulenken. Sung habe an einem gemeinsamen Abend, bei dem sie viel Wein getrunken hatten, angedeutet, dass er darunter leide, nicht als Volleuropäer geboren zu sein.

„Die Familie seiner Mutter flüchtete aus Taiwan, als die Volksrepublik China dort einmarschierte, und das Mädchen wuchs in der Schweiz auf."

„Spielt das denn heutzutage eine Rolle?"

„Ja schon, in zunehmendem Mass. Die Menschen konzentrieren sich wieder auf ihre Familie, ihre Herkunft, sie denken wieder kleinräumig."

Die Strasse, an der sie wohnten, führte zu einem Platz mit einer deutlich gekennzeichneten Untergrundbahnstation und einem Pelzladen. Zwar hatte die Regierung in Brüssel die Verwendung von Tierfellen schon lange verboten, und die Pelze waren aus synthetischem Material. Aber wegen der täuschenden Ähnlichkeit und ihrem Design waren sie immer noch teuer und wurden daher kaum über das Internet eingekauft.

„Von hier aus fahre ich jeweils zur Arbeit in die Stadt", bemerkte Leda.

Hier befand sich auch die Markthalle. Darin boten Bauern aus der Umgebung frische Nahrungsmittel an. Beim Eingang hing ein grosses Plakat, das die Menschen aufforderte, wieder echte Produkte einzukaufen und damit die lokale Landwirtschaft zu unterstützen. Es fehlten nicht ein paar Seitenhiebe auf die Brüsseler Regierung, denn in Bezug auf die Landwirtschaft lag der Gliedstaat Schweiz mit Brüssel seit Anbeginn in Fehde. Leda und Damian kauften hier nicht wegen der Qualität der Produkte ein, da sie sich nicht einredeten, diese sei tatsächlich besser. Sie taten es wegen des nostalgischen Erlebnisses. Überhaupt war die Nostalgie wieder in Schwung, da es den Menschen in der

Schweiz wirtschaftlich gut ging und sie sich allerlei Luxus leisten konnten.

In der Markthalle ging es zu wie in alten Filmen. An einfachen Holzständen boten die Bauern, meistens mit grünen Schürzen versehen, laut rufend ihre Waren an. Preise waren nicht angeschrieben. Man musste sie erfragen und durfte durchaus ein bisschen feilschen. Allerdings fehlten die auf den früheren Bildern anwesenden Hunde: in Europa war das Halten von Haustieren aus Gründen des Tierschutzes verboten, es sei denn, man lebte auf dem Bauernhof.

Leda führte Damian den Marktständen entlang. Bei einem mit Broten sagte sie: „Dieses hast du immer gern gehabt," und wies auf einen hellen Fladen. „Dann muss ich das wieder versuchen", sagte Damian.

Im weiteren kaufte Leda Fleisch und Gemüse. Es gab einen Stand mit Weinen, und Leda kaufte eine Flasche. Dann schritt sie zum Eingang zurück.

Dort sass eine Aufsichtsperson, eine dicke, gemütlich wirkende Frau, die fragte: „Wollen Sie sich die Tüten nach Hause bringen lassen?"

Damian griff nach den Tüten.

„Magst du sie wirklich tragen?"

„Kein Problem."

„Wir können uns die Einkäufe auch nach Hause senden lassen, gegen eine geringe Gebühr, das dauert höchstens eine Stunde."

„Wie haben wir es denn sonst immer gemacht?"

Leda lachte. „Wir haben immer liefern lassen, denn du hast immer zu viel eingekauft. Du warst schon immer ein Hamsterer."

Damian war sich sicher, dass er diesmal bestimmt nicht soviel gekauft hätte wie Leda. Das bedeutete, dass er aufgrund seiner Lebenserfahrung zum Hamsterer geworden war, und nicht aus Veranlagung. Eigenartig, dachte er, die Gehirnerneuerung hat auch befreiende Elemente.

Sie spazierten zurück. Damians künstliches Gedächtnis lieferte ihm historische Fotos aus der Zeit, als diese Strassen mit Autos vollgestellt gewesen waren. Das war vorbei. Schon seine Eltern hatten kein eigenes Auto mehr gehabt, obschon sie in einem Dorf wohnten. Heute wurden private Autos überhaupt nur in extremen Ausnahmefällen bewilligt, denn der öffentliche Verkehr verfügte über ein dichtes Netz, und zudem befand sich für eine Mehrzahl der Arbeitenden ihr Arbeitsplatz zu Hause.

Darin schien ihm ein echter Fortschritt zu bestehen. Die Strasse gehörte den Bäumen und den Menschen. Er fühlte sich unter den Bäumen wohl, die Luft war rein und mild, die Stimmung ruhig.

Er würde nun öfters spazieren gehen und bemerkte: „Künftig werde ich einkaufen wenn du an der Arbeit bist."

„Ganz wie du willst. Ich werde nichts vermissen."

*

Zu Hause bereiteten sie sich eine komplizierte und umfangreiche Mahlzeit, assen ohne Eile und setzten sich dann vor das Weltbild. Leda schlug vor, eine Nachrichtensendung anzuschauen. Damian stimmte zu. Die Sendung berichtete von Krisen, von Kriegen, von Unfällen, dazwischen von einer Prominentenhochzeit oder einem Kulturfestival. Damian fühlte sich von keinem dieser Ereignisse betroffen. Er fragte Leda, weshalb denn die negativen Schlagzeilen einen solch breiten Raum einnähmen. Sie antwortete: „Man hat tatsächlich darüber öffentlich diskutiert. Der Sender folgt einem Auftrag der Brüsseler Regierung. Man will erreichen, dass die Menschen sich nicht in einer falschen Sicherheit wiegen, und dass sie ihr Mitgefühl pflegen. Wir können übrigens den Sender wechseln. Es gibt auch eine politische Sendung, in der über die Vorgänge in Regierung und Parlament berichtet wird, sowohl in der Schweiz als als auch in Europa."

Sie wechselte den Sender. Damian schaute sich die Berichterstattung während einer Stunde an. Dann sagte er: „Ich weiss nicht, ich glaube, in der Schweiz werden keine grossen Entscheide mehr gefällt. Bei uns geht es allenfalls noch um den Verlauf einer Strasse oder darum, wie wir die Brüsseler Gesetze vollziehen. Und im Europaparlament haben wir so wenig Sitze, da können wir kaum Einfluss nehmen. Ich gehe schlafen."

7

Damian kannte die Ansicht seines Dorfes, wie sie sich dem am Bahnhof Ankommenden präsentierte. Weshalb? Der Gemeinderat hatte vor wenigen Jahren eine Fotodokumentation mit Dorfansichten und Bildern der markantesten Gebäude erstellen lassen. In Doktor Meisters Klinik hatten sie ihm das Album vollständig einprogrammiert, samt Vorwort des Gemeindevorstehers, worin er jene Fotografen verdammte, die alles aus einem für normale Menschen ungewohnten Blickwinkel ablichteten. Das habe er dem beauftragten Fotografen untersagt. Damian bedauerte dies. Er wusste von seinen Fotos, dass er oft einen speziellen Blickwinkel auf die Gebäude gesucht hatte, um irgendeine Eigenheit hervorzuholen.

Der Weg vom Bahnhof zu Damians Elternhaus dauere, erklärte Leda, eine Viertelstunde. Sie übernahm die Führung – Damian hätte sich nicht zurechtgefunden.

„Soll ich dir unterwegs das Dorf erklären? Es ist ein Muster für die heutige Bauordnung."

„Nein danke, ich schaue mich lieber um. Kann dich ja fragen wenn ich etwas nicht verstehe."

Er wusste, welche Baustile in den ländlichen Gebieten Mitteleuropas seit Jahrzehnten vorgeschrieben waren. Die Häuser mussten Giebeldächer haben, die mit Sonnenzellen belegt waren, wobei es den Herstellern gelungen war, diese ähnlich wie klassische Dachziegel aussehen zu lassen. Damian konnte vom Mychip auch den Grund für diese Verordnung abrufen. Die grosse Finanzkrise von 2025, welche die Weltwirtschaft in Trümmer gelegt hatte, hatte zur Folge gehabt, dass sich Europa zu einem Einheitsstaat zusammenfand, dessen Bürger in grosser Mehrheit den Wunsch hatten, von diesem Staat umsorgt zu werden. Man hatte einen riesigen Behördenapparat aufgebaut, der das Leben der Bürger viel detaillierter regelte als bisher. Deren Sehnsucht nach früheren, als heil empfundenen Epochen hatten die Behörden Rechnung getragen, indem sie den Menschen auf dem Land wenigstens äusserlich eine „heimelige" Daseinsform boten.

Links von ihrem Weg erkannte Damian das Schulhaus, in dem er gemäss seines künstlichen Gedächtnisses ein paar Jahre ein und aus gegangen war, vermutlich mit einem Gefühl kindlichen Unmuts – oder doch nicht? Es gab ihm einen Stich, dass er sich nicht erinnern konnte.

Das Schulhaus lag in der Gewerbezone. Diese bestand aus einigen scheunenartigen Hallen, geeignet für die Pflege der landwirtschaftlichen Maschinen, und zwei kleinen Fabriken für solche Präzisionsteile, die ein 3D-Drucker nicht liefern konnte. Danach kam die Wohnzone, wo Damians Elternhaus stand. Rechts von der Strasse erstreckte sich die Landwirtschaftszone mit Bauernhöfen, deren Besitzer sich vor allem der Pflege der Parklandschaft widmeten, zu der sich das schweizerische Mittelland entwickelt hatte, seit die Nahrungsproduktion in Europa an Frankreich delegiert worden war.

Sein Elternhaus war Damian von eigenen Fotos vertraut. Es handelte sich um ein bescheidenes, schmuckes Häuschen, wie sie auf dem Land seit je üblich waren. Damian wusste, dass dies äusserlich die dritte Auflage des Hauses war – die durchschnittliche Lebensdauer eines derartigen Gebäudes betrug rund vierzig Jahre. Leda drehte sich am Gartentor um, wies mit dem Arm auf das sich vor ihnen erstreckende Dorfbild und rief: „Mir gefällt diese künstliche

Ordnung nicht. Ich weiss nicht einmal, wieso sie mir heute auffällt. Vermutlich weil ich alles durch deine Augen neu sehe. Ist gar nicht schlecht, wenn mir die Situation auf diese Weise bewusst wird. Wie auch immer, ich bin überzeugt, die frühere Durchmischung aller Stile war besser. Bestimmt entsprach sie eher der Zufälligkeit des Naturgeschehens und der Geschichte der Menschen. Überhaupt stört mich, dass unser Leben zunehmend typisiert und bis in die Details verplant ist. Das schlägt bestimmt auf den Menschen durch. Nächstens werden sie beginnen, die Menschen selbst zu planen."

Sie spielte damit auf eine seit zwei Jahren in Europa heftig geführte Diskussion an, ob die Menschen, dank der modernen gentechnologischen Möglichkeiten, die Akte der Zeugung und der Geburt aufgeben und sich ausschliesslich durch Klonung fortpflanzen sollten. Damian, der am Vortag auf dem Weltbild dieselbe Nachrichtensendung gesehen hatte, merkte, was in ihr vorging.

Er antwortete: „Früher ist mir die Fortpflanzung durch Klonung ebenso unnatürlich erschienen wie dir. Doch nun, da mein Gehirn durch Klonung wiederhergestellt worden ist, bin ich natürlich nicht mehr so sicher. Bin ich jetzt ein geplantes, künstliches Wesen oder nicht? Wir haben in der Klinik über dieses Thema gesprochen. Allerdings ohne zu einem Schluss zu gelangen. Der Meister hat uns eines Abends darüber einen Vortrag gehalten. Damals war ich wütend, weil er uns nachher einfach mit unserer Verwirrung sitzen liess. Wir sind uns unnütz vorgekommen, weil er auf die Möglichkeit hingewiesen hat, die Klonung durch Genkombination zu ergänzen und damit den Menschen biologisch zu verbessern. An jenem Abend waren wir nicht einmal sicher, ob er unsere neuen Gehirne einfach geklont, oder ob er sie dabei nicht noch ein bisschen manipuliert hatte."

„Schrecklich, aber glaub mir, das hat mit deinem neuen Gehirn überhaupt nichts zu tun. Dein Meister hat mir versichert, dass er dein Gehirn aus noch erhalten gebliebenen Zellen des Stammhirns wiederhergestellt hat."

„Da bin ich ja froh", sagte Damian.

Bevor er weiterfahren konnte, öffnete seine Mutter die Haustüre und rief: „Kinder, kommt doch herein!"

Vermutlich hatte sie die beiden bereits durchs Fenster beobachtet. Damian kannte die gut aussehende, sechzigjährige Frau, die unter der Tür stand, nur von einer Fotografie, die anlässlich ihres fünfzigsten Geburtstags gemacht worden war. Sie hatte sich kaum verändert, aber sie war ihm fremd. Leda kam ihm zuvor und umarmte die Mutter zuerst, wofür er ihr dankbar war. Dann drückte ihn seine Mutter an sich, oder genauer sich an ihn, und dann sprachen alle drei gleichzeitig. Als seine Mutter ihnen voran ins Haus schritt, bemerkte er, wie energisch und sicher sie sich bewegte.

Er blickte sich neugierig im Korridor um und sah eine altertümliche, aber gediegene Einrichtung mit Garderobe, Schuhschränkchen und Kokosläufer.

„In dieser Umgebung bin ich also aufgewachsen", sagte er zu Leda.

Durch die halb geöffnete Glastüre zur Küche roch es verheissungsvoll.

„Ich habe geschnetzeltes Kalbfleisch zubereitet", bemerkte seine Mutter, „dein Lieblingsgericht. Ist es das immer noch?"

„Du solltest mich nicht so behandeln, als wäre ich ein anderer Mensch geworden, Mutter. Ich habe nur so etwas wie eine Gedächtnisstörung."

„Dann nenn mich doch Mama, wie früher. Kommt zu Tisch, Kinder."

Damian fühlte sich durch diesen Wunsch plötzlich wieder auf seine schwierige Situation zurückgeworfen. Ich sollte vermehrt Vermutungen anstellen, sagte er sich. Vermutlich hatte seine Mutter – Mama – das Essen schon immer so früh zubereitet, dass die Besucher gleich essen konnten. Aber er wusste es nicht genau und mochte nicht fragen. Er nahm sich vor zu vermeiden, seine schwierige Situation zur Diskussion zu stellen, und statt dessen zu versuchen, so normal wie möglich zu leben, auch wenn nur zum Schein.

Das Essen schmeckte ihm, allerdings nicht so, dass er es zu seinem Lieblingsmahl erkoren hätte. Ob sich mit dem neuen Gehirn auch die Geschmacksempfindung geändert hatte? Die Mutter lächelte erfreut. „Schon dein Vater liebte dieses Gericht am meisten."

„Ich bin froh um jede Einzelheit, die du aus meinem früheren Leben erzählst", sagte Damian, „nur so kann ich daran gehen, das Puzzle wieder zusammenzufügen."

Er schlug vor, nachher zur Auffrischung seines Gedächtnisses die Familienfotos anzuschauen. Die Fotos waren auch in seinem künstlichen Gedächtnis gespeichert, aber da man die eigenen Familienangehörigen kannte, waren sie nur ausnahmsweise angeschrieben. Damian wusste, dass er ein Einzelkind war, und so konnte er den kleinen fremden Jungen auf den Bildern leicht als er selbst erkennen. Geduldig erklärte ihm seine Mutter die Bilder. Er lernte seinen Vater kennen, von der Kindheit bis zum Tod – markiert durch ein frisches, mit Kränzen geschmücktes Grab auf dem Dorffriedhof zur Zeit, als es noch Friedhöfe gab. Sein Vater war mit achtunddreissig an einer lange nicht entdeckten, dann plötzlich explodierenden Krebskrankheit gestorben. Damian war heute älter, als es sein Vater je gewesen war. Er entdeckte seine Grosseltern und weitere Verwandte, aber nur wenige Bilder aus seiner Schulzeit – lediglich die sich jährlich wiederholenden Fotos seiner Klasse, zusammen mit dem Lehrer, der je nach seiner Art mitten unter den Kindern stand oder sich diskret im Hintergrund aufhielt.

*

Dann holte die Mutter das Album der Urgrosseltern. Sie ging in die Küche, und Leda ging ihr nach. Damian blätterte lustlos im Album. Er entdeckte Urgrossvater Gerold Trank, von dem er wusste, dass er Historiker gewesen war, vor einer feudalen städtischen Villa posierend. Neben deren Portal hing ein Schild mit der Aufschrift „SAHI", darunter der Name, aber auf dem Bild zu klein, als dass Damian ihn entziffern konnte. Dieses Bild war angeschrieben: „Mein erster Arbeitsplatz". Da schwang Stolz mit, fand Damian. Er blätterte weiter und merkte plötzlich, dass die Bilder lebensnaher wurden.

Zunächst die „Ferienbilder aus der Bretagne". Es gab eine Strandhütte, offenbar das Feriendomizil der Familie. In einer primitiven Küche stand seine Urgrossmutter Maria am Herd, in einem Topf rührend und fröhlich lächelnd. Er sah seinen Grossvater als Junge, der mit seiner Schwester in der Brandung herumtollte. Dann tauchte Damians Elternhaus auf, mit der Legende „Nach dem Umzug". Er blätterte zurück und fand ein modernes Reihenhaus in einer Agglomeration, das wie der ganze Strassenzug steril wirkte. Hier hatten seine Urgrosseltern offenbar zuerst gewohnt. Vor dem Haus stand ein gepflegtes Auto der damaligen Zeit, das Bild mit „Der Saab" angeschrieben. Dieser Wagen war auch auf späteren Bildern zu sehen, allerdings eher heruntergekommen. Seine Urgrosseltern mussten jahrzehntelang damit gefahren sein.

Auf weiteren Bildern sah er die Familie im Garten, gärtnernd oder faulenzend oder herumspielend. Und dann kam die Grossaufnahme eines Buches, auf einem Tisch an eine Weinflasche gelehnt, mit der Aufschrift: „Gerold Trank – Eingeholte Zeit – Roman." Damian eilte mit dem Album in die Küche.

„Von diesem Buch habe ich nichts gewusst", rief er seiner Mutter entgegen.

„Mir ist es bekannt, aber gelesen habe ich es nie. Es steht nicht mal im Büchergestell. Wenn du willst, geh rauf in die Mansarde, im grossen Schrankkoffer sind Sachen deiner Urgrosseltern und Grosseltern aufbewahrt. Das meiste habe ich weggeschmissen, aber ich denke, ein Exemplar des Buchs ist dort noch vorhanden."

Damian stieg hinauf ins oberste Stockwerk. Er musste sich zurechtfinden. Eine Türe führte zu einem Dachboden mit dem üblichen Kram, die zweite in die Mansarde, die ausser dem Schrankkoffer ein Gästebett und einen Tisch enthielt. Er öffnete den Koffer. Fein säuberlich waren darin Dokumente geordnet, deren Mehrzahl seinem Urgrossvater Gerold gehört hatten. Es waren Artikel aus historischen Fachzeitschriften, einige Broschüren, verschiedene Manuskripte, und schliesslich fand er drei Exemplare des Romans. Eines davon nahm er nach unten.

„Ich werde es lesen. Nimmt mich wunder, was mein Vorfahr da zusammen komponiert hat."

Seine Mutter lachte.

„Gut, und dann teile dein Wissen mit uns. Jetzt bin ich auch neugierig geworden auf das Werk von Urgrossvater Trank."

Damian wunderte sich, wie es sich anfühlen würde, ein Buch zu lesen. Sonst las er alles in digitaler Form, auf seinem Mobcom, auf dem Weltbild oder auf einem separaten Lesegerät. Auf diesem hatte er seine hundert Lieblingsbücher gespeichert. Es waren ausschliesslich Texte von längst verstorbenen Autoren – darunter James Joyce, Arno Schmidt, John Irving, Gerhard Meier, Richard Russo, Vladimir Nabokov, Stewart O'Nan, Saul Bellow und Rainer Bressler, alle aus dem 20. Jahrhundert. Zeitgenössische Literatur las er kaum noch. Es gab eine europäische Literaturkommission, die dreitausend offizielle Autorinnen und Autoren ernannt hatte. Deren Werke wurden als einzige verlegt, und die Kommission gab ihnen alle paar Jahre die Themen vor. Zur Zeit waren es historische Romane sowie Theaterstücke über Umweltprobleme und Wirtschaftskriminalität. Nur bei den Gedichten und Sachbüchern gab es keine Vorschriften. Es gab allerdings eine inoffizielle Literatur, die über private Internetkanäle verbreitet wurde und in der Damian den einen oder anderen attraktiven Text gefunden hatte.

*

Um vier drängte Leda zum Aufbruch, obschon Damians Mutter ihnen gerade jetzt noch einen Tee mit Kuchen aufnötigen wollte. Aber um sechs begann ihre Arbeit im ‚Capricorne'. Damian hatte ihr versichert, sie könne ruhig zur Arbeit fahren, er komme allein zurecht. Zwar hätte sich Leda als Betriebsleiterin die Verspätung erlauben können, das Restaurant konnte ohne sie anlaufen, aber sie hielt viel davon, dem Personal als gutes Beispiel zu dienen und schaute darauf, stets pünktlich zu sein.

Sie schritten durch das schmucke Dorf zurück zum

Bahnhof. Der Nachmittag war herbstlich mild und warm, das Dorf sah aus wie aus dem Bilderbuch. Auf der Strasse waren Menschen unterwegs, die sie neugierig beäugten.

„Die sehen gleich, dass wir Fremde sind", stellte Leda fest.

Ein Mann in Damians Alter grüsste freundlich, Damian grüsste unpersönlich zurück und tat so, als sei er in Eile. „Wer das wohl gewesen sein mag", fragte er Leda, „es könnte mein bester Jugendfreund oder auch ein Feind gewesen sein. Ich sollte ein anderes Vorgehen wählen, stehenbleiben, die Menschen ansprechen und ihnen meine Lage erklären."

Die unterirdische Schnellbahn brachte sie in vierzig Minuten nach Zürich zurück. Leda begab sich sogleich zum Restaurant, nachdem Damian ihr versichert hatte, er finde den Weg nach Hause: „Das ist der Vorteil meines frühkindlichen, enorm aufnahmefähigen Gehirns", sagte er mehr zu sich selbst als zu Leda. „Nachdem ich den Weg einmal gegangen bin, ist er nun im Gedächtnis gespeichert."

Im Treppenhaus geschah es dann, dass ihm Hunkelers erneut begegneten. Sie führten einen Hund an der Leine – gemäss Leda gehörte dieser Liobas Bruder, der Bauer war. Getreu seinem Vorsatz blieb Damian stehen und sagte: „Hört zu, Ihr wisst ja, dass ich mein Gedächtnis verloren habe, wenn ihr also merkt, dass ich etwas nicht weiss, was ich wissen sollte, dann bitte teilt es mir mit."

Sung Hunkeler lachte laut: „Es ist manchmal besser, nichts zu wissen, vielleicht hat deine Frau etwas mit einem anderen Mann angefangen, zum Beispiel mit mir. Davon würde ich natürlich besser nichts erwähnen, haha." Damian spürte Wut aufsteigen, aber er beherrschte sich und sagte: „So lustig ist das gar nicht. Stell dir vor, Sung, du begegnest jemandem, den du offenbar kanntest und der dich grüsst, und du hast keine Ahnung, um wen es sich handelt."

„Ist ja prima", sagte Hunkeler, „dann hast du bestimmt alle Streitereien zwischen uns beiden vergessen, und wir können neu anfangen?"

Sein Frau rief: „Rede nicht so dummes Zeug, wir hatten nie Streit, sondern immer eine gute Nachbarschaft."

„Aber erst, als er die Musikanlage leiser stellte", bemerkte ihr Gatte, während sich der Hund zu langweilen und an der Leine zu zerren begann.

„Der Hund wird unruhig, ihr geht lieber, auf Wiedersehen", sagte Damian und stürmte die Treppe hinauf. In der Wohnung war er froh, Hunkelers entronnen zu sein. War er mit Sung befreundet gewesen? Dann würde er diese Freundschaft auf einen nachbarschaftlichen Kontakt zurückschrauben.

Gut, dass er bei Sungs Unverschämtheit nicht ausgerastet war. Der Meister wäre bestimmt stolz auf mich, dachte er befriedigt. Plötzlich schien ihm, als könne er seine Situation bewältigen. Eine seit dem Austritt aus der Klinik dauernde Spannung fiel von ihm ab. Er nahm sich Zeit für eine ausgiebige Dusche mit UV-Licht und Dampf – Leda hatte ihm vor zwei Tagen gezeigt, wie die Anlage zu bedienen war. Nachher war er so schlapp, dass er sich sogleich ins Bett legte und in einen tiefen Schlaf fiel.

*

Als Leda nach Hause kam, wachte er auf. Sie wirkte aufgeräumt, nicht so müde wie in anderen Nächten. Sie setzte sich auf den Bettrand, und nach ein paar belanglosen Auskünften über den Abend im Restaurant und über sein Treffen mit Hunkelers zog er sie an sich und begann sie zu liebkosen. Sie drängte sich ihm entgegen, so dass er sie schnell entkleidete, worauf sie sich lange und heftig liebten.

„Du warst wunderbar", sagte sie danach, „alles war genau wie früher, ich bin glücklich."

Auch er fühlte sich auf eine eigenartige Weise glücklich – wie wenn er eine Prüfung bestanden hätte. In dieser Stimmung drängte es ihn, reinen Tisch zu machen, und er gestand ihr die Seitensprünge in der Klinik. Leda lachte weich und streichelte ihn zärtlich. Auch sie hatte in seiner Abwesenheit ein paar Mal mit dem Küchenchef des ‚Capricorne' geschlafen, einem gut aussehenden Draufgänger, den Damian immer als Rivalen gefürchtet hatte.

Die Nachricht verärgerte ihn. Es gelang ihm, sich nichts anmerken zu lassen. Schliesslich hatte er dasselbe getan. Er geriet ins Grübeln und fragte sich, wozu Menschen eigentlich eine Beziehung eingingen, wenn sie sich doch bei der ersten sich bietenden Gelegenheit der Bindung entledigten. Aber dann wurde er plötzlich ganz mild und kam zum Schluss, dass sie beide aufgrund der Umstände in diese Affären hineingeschlittert waren, dass davon jedoch nichts zurückgeblieben war. Er jedenfalls würde sich nie mehr mit Joana Korowski oder Joelle Chappuis einlassen.

8

Am Montag begann für Leda eine Woche, in der sie schon zur Mittagszeit im ‚Capricorne' sein musste, weil ihr Stellvertreter Herbstferien nahm. Damian fand in seinem elektronischen Briefkasten eine Anzahl neuer Aufträge vor, ungewöhnlich viele. Sie zu bewältigen bereitete ihm keine Mühe, aber er fand bestätigt, was ihm sein künstliches Gedächtnis sagte, nämlich dass es immer weniger Ingenieure wie ihn gab, die wirklich solche Rechnungen durchführen konnten. Natürlich führte der Computer die Rechnungen durch, aber es waren immer noch Ingenieure und Naturwissenschafter, welche die Rechenverfahren entwickelten, sie in ihre Computer programmierten und die Ausgangsdaten für die Rechnung bereit stellten.

Er beschloss, sich in den nächsten Tagen ganz der Arbeit zu widmen. Gut, dass ich nicht tot bin, vermutlich haben sie mich nur deshalb gerettet, damit ich weiterhin diese Rechnungen durchführen kann, dachte er und fühlte eine leichte Befriedigung, weil die Gesellschaft ihn offensichtlich brauchte. Doch als er später, mitten in der Arbeit, gedankenverloren aus dem Fenster auf die Allee mit ihren hohen Bäumen blickte, verwarf er den Gedanken wieder. Die heutige Zeit war nicht so, dass ein einzelner Mensch wichtig genommen wurde. Oder doch? Weshalb hätte man sonst den Aufwand getrieben, ihn wiederherzustellen?

Das war nun wieder etwas, was er nicht mehr wusste, weil er aus der Zeit gefallen war: Nahm man heutzutage den einzelnen Menschen ernst, oder betrachtete man ihn als Massenprodukt? Aber vermutlich suchte er zu weit. Die Wiederherstellung hatte er nur dem Fortschritt der Medizin zu verdanken und somit einem

System, das sich selbst am Leben erhielt. Er als Individuum besass deswegen nicht einen zusätzlichen Wert. Wie der Wert des Individuums heute aus Sicht der Gesellschaft wirklich aussieht, werde ich wohl nur durch Befragung anderer Menschen herausfinden, dachte er und nahm sich vor, seine Nachmittage dieser Aufgabe zu widmen.

Leda hatte ihm unlängst von einem interessanten Lokal erzählt, dem ‚Café Herz', einem der wenigen noch existierenden Kaffeehäuser, wo sich sogenannte Intellektuelle und Nichtangepasste trafen, um die Entwicklung der Menschheit zu kritisieren; die einen, weil sie ihnen zu weit ging, die andern, weil sie ihnen noch nicht genügte. Selbstverständlich wurde in diesem Café nur selten Kaffee getrunken, aber die Bezeichnung Kaffeehaus verhiess eine schöne Tradition. Dort ging er nun hin. Er programmierte die Adresse in sein Mobcom und schritt zu Fuss durch die Stadt.

*

Wie schon bei seiner Ankunft nach dem Klinikaufenthalt in Zürich fiel ihm auf, dass nur wenige Menschen unterwegs waren, verglichen mit den in seinem Gedächtnis gespeicherten Stadtansichten. Er dachte daran, was Leda ihm erklärt hatte. Es leuchtete ein. Seit dem enormen Aufschwung der Telekommunikation waren Wohn- und Arbeitsort häufig verschmolzen. Die meisten Menschen arbeiteten zu Hause. Nur jene Berufsleute, die in Fabriken, Labors und anderen wegen der Infrastrukturkosten nicht dezentralisierbaren Stätten tätig waren, verliessen zur Arbeit das Haus, und sie befanden sich in der Minderzahl. Auch den Kindern wurde der Unterricht zu Hause über das Internet erteilt, die Einkäufe erfolgten weitgehend ab

Bildschirm, und selbst Kultur wurde vorwiegend zu Hause am Weltmonitor genossen, in erstklassiger Qualität und einer Bequemlichkeit, wie sie ein vollgestopfter Saal nicht bieten konnte.

Als Folge davon war die Familie oder, wo diese fehlte, die Wohngemeinschaft wieder in Mode gekommen. Die Menschen richteten sich häuslich ein, hatten neben der Arbeit Zeit, die Beziehungen in ihren familiären Zellen zu pflegen, und fühlten sich über das Internet und das Weltbild immer mit der Welt verbunden. Es gab Familien, in denen der Weltmonitor stets angeschaltet war, ein immer geöffnetes Fenster nach aussen. Wozu also ausgehen? Und wollte man mit jemandem ins Gespräch kommen, loggte man sich in eine Videokonferenz ein.

Die Menschen konzentrierten sich auf die überschaubare, nach ihrem Geschmack gestaltete Welt in ihren vier Wänden. Sie gingen nur noch auf die Strasse, um an Familien- oder Vereinsanlässen teilzunehmen, oder für Spaziergänge im Freien und die unvermeidlichen Arztbesuche.

Das Geschäftsviertel in der Innenstadt war demzufolge geschrumpft. Es hatte seine eigentliche Funktion verloren, da der Markt zu Hause stattfand. Die Geschäftshäuser hatten fast keine individuellen Büros mehr, sondern nur noch temporäre Arbeitsplätze und Besprechungszimmer für Sitzungen. Mittlerweile waren daher viele Büros in schicke Wohnungen umgewandelt worden. Viele Gebäude waren nicht mehr renoviert, sondern niedergerissen und durch Grünanlagen ersetzt worden.

Entsprechend verschwunden war auch der private Verkehr: Anders als in seiner Jugend besassen die Menschen keine Autos mehr. Die allmähliche weltweite Gleichgestaltung der Menschheit, und wohl auch die Beeinflussung des Wetters – nachts der notwendige Niederschlag, tags Sonnenschein – hatten zudem den Tourismus stark gedämpft. Wozu noch reisen? Geschäftsreisen waren notwendig, das war klar. Reisen zum Vergnügen belasteten jedoch die Umwelt. Sie waren nicht gerade verboten, aber Reisen ausserhalb des europäischen Staates hatte die Regierung mit so vielen bürokratischen Barrieren belegt, dass die meisten darauf verzichteten. Eine der letzten verbliebenen Triebkräfte der Mobilität war der Sport. Für die Teilnahme an Wettkämpfen und deren Besichtigung wurden noch Reisen unternommen. Sonst war die Welt dörflich-lokal geworden.

Vieles davon war schon in Damians Jugend so gewesen. Entscheidend war, dass ihn sein neuer Zustand zwang, sich dies alles bewusst zu machen. Und da er nicht einfach in diese Welt hineinwuchs, machte er sich auch Gedanken darüber, warum alles so war und wie es hätte anders sein können. Weil er an sich zweifelte, zweifelte er auch an der Welt.

*

Das ‚Café Herz' lag in einem der ärmeren Stadtteile, in der Nähe des Bahnhofs. Damian fand es von Typen – mehrheitlich Männern – bevölkert, die sich in Kleidung und Haartracht von den geschliffenen Menschen unterschieden, die er unterwegs gesehen hatte. Eben Aussenseiter, wie Leda gesagt hatte. Sein lexikalisches Gedächtnis warnte ihn, dass es sich heutzutage in den wenigsten Fällen um Menschen handelte, die von der Gesellschaft ausgeschlossen worden waren. Sie hielten sich vielmehr freiwillig ausserhalb.

Die Einrichtung war schmuddelig. Sie bestand aus Kunststoffmöbeln, die vor hundert Jahren modern gewesen waren. Vor den Fenstern hingen kleinmaschige, einst weisse, nun vergilbte Vorhänge, was dem Lokal eine eigene Düsternis verlieh. Und während die Menschen den Tabakgenuss weitgehend aufgegeben hatten, war die Luft im Lokal durch stehenden Rauch vernebelt. Rauchen war in den Lokalen zwar verboten, aber der ungewöhnlich liberale Polizeivorstand der Stadt hatte beschlossen, in diesem Fall wegzublicken und einen der letzten verbliebenen Freiräume für Rauchende zu tolerieren.

Es gab freie Plätze, aber keinen unbesetzten Tisch, so dass er sich zu einer Gruppe von gutgelaunt wirkenden Kerlen setzte. Die Bedienung erschien und fragte, was er trinken wolle. Ratlos blickte er sich um. Er erinnerte sich an die Bildschirmwerbung der letzten Tage. Gab es nicht ein neues Getränk auf Spinatbasis, das anscheinend bei der Jugend zu einem Renner geworden war?

„Einen Spinato, bitte", sagte er und erntete einen vernichtenden Blick. „Gibt's hier nicht, dafür sind Sie an der falschen Adresse, das heisst, auf der falschen Seite des Hauptbahnhofs."

„Bestellen Sie Rotwein", riet sein Tischnachbar, „die meisten hier sind Weinos."

„Also gut, einmal Wein bitte."

„Welche Sorte?"

„Haben Sie Amarone?"

„Klar doch. Halber Liter?"

Damian nickte, und die Bedienung eilte davon. Seine Tischnachbarn musterten ihn neugierig.

„Hat man Sie für ein paar Jahre aus dem Verkehr gezogen?" fragte einer. „Sie kommen doch nicht etwa aus dem Knast?"

„In keiner Weise. Aber ich habe eine schwere Kopfverletzung gehabt und besitze nun ein praktisch neues

Gehirn, müssen Sie wissen. Wenn Sie also bereit sind, einem Neugeborenen die heutige Welt zu erklären, bin ich Ihr dankbarer Zuhörer."

Die Runde blickte betreten drein. „Kein Zuckerschlecken, was", meinte sein Nachbar, hielt ihm die Hand hin und sagte: „Ich bin Fredo. Und hier drin sind alle per 'du'."

„Damian", antwortete dieser und drückte Fredos Hand.

Ein anderer mit einem unzeitgemässen Schnurrbart erklärte: „Mich nennen sie den Schnauzer. Freut mich, dich in unserer Runde zu haben, obschon wir, muss ich sagen, eigentlich gegen solche Manipulationen des Menschen sind, aber du kannst ja nichts dafür, sie haben das einfach mit dir gemacht, haben dich bestimmt nicht gefragt. Aber sag mal, was ist denn noch von deiner Persönlichkeit übrig? Bist du, entschuldige, meine Skepsis ist nicht gegen dich persönlich gerichtet, nicht so etwas wie ein geklonter Mensch?"

„Der Doktor, der mich zurecht geflickt hat, ist der Ansicht, meine Gene seien intakt und produzierten dieselbe Persönlichkeit, nur die Milieueinflüsse seien anders."

„Mag sein. Aber wie sieht es für dich aus? Kannst du den Gedächtnisverlust aushalten?"

„Mit Hilfe meiner Umgebung schon. Mein künstliches Gedächtnis ist wie ein Lexikon. Es weiss, wie die Welt vor zwanzig Jahren, in meiner Kindheit, ausgesehen hat. Ich sehe mir die heutige Welt an und erkenne, was sich geändert hat, wobei ich mir bei vielen Situationen die Unterschiede zu früher erklären lassen muss."

„Aber du hast kein eigenes, inneres Bild zur Verfügung, sondern nur dasjenige von deinem Chip oder von Antworten auf deine Fragen?" stellte der Schnauzer fest.

„Das trifft leider zu", sagte Damian und fühlte sich bedrückt.

„Ich denke, dir bleibt nichts anderes übrig, als wie ein Neugeborener anzufangen", kam Fredo zum Schluss.

„Das ist wohl der einzig mögliche, tröstliche Gedanke", gab Damian zu.

„Dann hätte man dich – wie gesagt, es ist nicht persönlich gemeint – genauso gut als ganzen Menschen neu klonen können", sprach der Schnauzer. „Gerade aus diesem Grund bin ich dagegen. Ich fürchte, diese Versuche werden nur im Hinblick auf die Fortpflanzung durch Klonung gemacht."

„Wenn diese Entwicklung kommt, kannst auch du sie nicht aufhalten", bemerkte ein älterer Mann, der bisher geschwiegen hatte.

„Na hör mal, Mike, diesem sogenannten Fortschritt muss ich mich nicht hingeben, auch wenn alle ihn notwendig finden", wies ihn der Schnauzer zurecht, und rief Damian zu: „Hör mal, wärst du nicht bereit, an einer öffentlichen Diskussionsrunde teilzunehmen? Wir sind dabei, die Abwehr gegen die Fortpflanzung durch Klonung zu organisieren. Du könntest uns als negatives Beispiel dienen, den Zuhörern erzählen, wie unglücklich du bist."

„Bin ich das?" fragte Damian.

„Du kannst gar nicht anders, lieber Mann. Du bist ein Zombie, zum Weiterleben verurteilt, nachdem sie dir die Persönlichkeit geraubt haben."

„Sachte, sachte, Schnauzer", sagte Fredo, „du kannst ihn doch nicht einfach fertig machen. Mach dir nichts daraus, Damian, der Schnauzer ist ein Revolutionär, begleite ihn mal nach Hause und du wirst sehen, dass er die ganze Wohnung mit Bildern verklebt hat, die er für revolutionär hält. Irgendwelche bärtigen Typen aus dem letzten und vorletzten Jahrhundert mit sturem Blick und seltsamen, ausgestorben Namen, Ho, Lenin, Che, Mao, Fidel, Marx."

Damian wusste nichts zu sagen. Er kam zum Schluss, dass man dem sogenannten Fortschritt nicht ausweichen konnte. Das Wissen entwickelte sich sogar in Systemen, welche alles streng zensierten. Und plötzlich waren die Technologien da.

Was ihm sauer aufstiess war, dass der Schnauzer ihn als Zombie bezeichnet hatte. War er ein Zombie? Blödsinn. Er besass einen Willen. Er konnte seine Entwicklung an die Hand nehmen, wobei er zuerst eine Vorstellung haben musste, zu was er sich entwickeln wollte. Er hatte das Bedürfnis, sich in die Sicherheit zurückzuziehen, also zahlte er und ging nach Hause.

*

Der Amarone hatte trotz des Namens wenig gemeinsam gehabt mit jenem, den Damian sonst genoss. Er bereitete sich einen Tee. Er mochte nicht arbeiten und griff zum Buch seines Urgrossvaters Gerold. Neugierig blätterte er darin, ohne systematisch zu lesen. Er wollte wissen, womit sich der Text befasste. Offenbar ging es seinem Vorfahren um den Menschen als Individuum, in dem urtümliche Eigeninteressen vorhanden waren, meistens verschüttet, denen der Mensch selbst zum Durchbruch verhelfen musste, um ihnen nachzuleben. Dies war eine Gegenposition zur Stellung, welche die Gesellschaft dem Einzelnen zuwies. Damian fühlte sich an seine Gedanken am Morgen erinnert: welcher Wert kam dem Individuum zu in dieser Gesellschaft?

Er fütterte das Buch in den automatischen Scanner und lud die Datei auf sein Mobcom, um den Text unterwegs lesen zu können.

Er bereitete sich ein Nachtessen und setzte sich vor das Weltbild. Er schaute sich Nachrichten an, die ihn nicht interessierten, dann zappte er durch ein paar Filme, von denen keiner ihn fesseln konnte. Er wusste nicht, was er wollte. Er fühlte sich grundsätzlich verunsichert.

In der Nacht besprach er die Ereignisse mit Leda.

„Ich habe ins Buch meines Urgrossvaters geschaut. Es propagiert die Entwicklung zu einem Individuum, zu einem Menschen, der sich selbst spürt, ohne die Denkweisen und Benimmregeln, welche das Weltbild uns allen eintrichtert. Einer, der es nicht nötig hat, einer sozialen Bezugsgruppe anzugehören und deren Meinung zu vertreten."

„Hat er selbst es denn geschafft?"

„Ich denke, es ist ihm gelungen, sich aus einem rein gesellschaftlich bestimmten Menschen zu einem Individuum zu entwickeln. Aus der Familiengeschichte weiss ich, dass er eine gut bezahlte Stelle bei einer Stiftung aufgegeben hat, weil er sich selbst immer mehr entfremdete. Er begann bei seinem Schwager, einem Bauingenieur wie ich, als Archivar und Bürolist zu arbeiten. Er verdiente zwar weniger, aber für die Familie reichte es. Dafür hatte er Zeit zum Schreiben. Er verfasste historische Fachartikel und eben diesen Roman."

„Ich fände es grossartig, wenn dir der Text deines Urgrossvaters in deiner Situation helfen würde. Bleibt aber noch die Frage, ob dir Dinge aus deiner Vergangenheit helfen können, zur früheren Persönlichkeit zurückzufinden. Du solltest das mit Doktor Meister besprechen."

Sie küsste ihn, und beide gingen in ihre Schlafzimmer. Erleichtert schlief er ein.

9

Auf dem Bildschirm sah der Meister jünger aus, eher wie einer der alerten, alles wissenden ärztlichen Experten aus einer Medizinsendung. Er musste den Unterschied kennen, denn er sagte Damian sogleich, er könne er ihn auch in der Klinik aufsuchen. Damian erklärte, dies sei zur Zeit nicht notwendig, und schilderte ihm sein Problem. Besass er überhaupt noch eine Persönlichkeit?

Der Doktor seufzte. „Jedes höhere Lebewesen besitzt eine Persönlichkeit, die aus der Veranlagung und den Milieueinflüssen entstanden ist. Daran gibt es nichts zu rütteln, das gilt also auch für Sie, Damian. Die Frage ist nur, hat die neue Persönlichkeit etwas mit der alten, verlorenen zu tun? Darauf, das sage ich Ihnen jetzt brutal, gibt es keine allgemein gültige Antwort. Und darin bestand auch das Hauptproblem, als wir die Wiederherstellung des Gehirns entwickelten."

„Wollen Sie damit sagen, das Ganze sei immer noch ein Experiment? Sie tappen herum wie Zauberlehrlinge?"

„Als Experiment dürfen wir es nicht mehr bezeichnen, da wir weltweit genügend statistische Daten haben, um sagen zu können, dass Menschen mit Gehirnerneuerung in achtzig Prozent der Fälle keine Probleme mit dem Weiterleben haben. Aber die restlichen zwanzig Prozent machen auch uns zu schaffen. Darin sehen wir ein Potential, die Therapie noch zu perfektionieren."

„Planen Sie etwa, das geklonte Gehirn gentechnologisch noch zu verbessern?"

„Ach Unsinn, das wollen wir nicht. Da es sich um das Gehirn handelt, können wir uns nicht auf die physiologischen Aspekte beschränken, sondern müssen psychologische einbeziehen. Das Verbesserungspotential liegt in diesem Bereich."

„Und hat man schon etwas gefunden, das mir helfen könnte?"

„Es gibt etwas, das wir jenen Patienten empfehlen, die eine Verbindung zu ihrer Vergangenheit bewahren wollen. Die meisten stört es nicht, neu anzufangen. Bei Ihnen ist das offenbar anders. Ich rate Ihnen also folgendes, Damian. Suchen Sie die Orte Ihrer Geschichte auf und nehmen Sie die äusseren Erscheinungen als Ihren persönlichen Besitz in Ihr Gedächtnis. Das wird Sie einige Wochen kosten, aber danach haben Sie ein anderes Gefühl für die Welt. Sie haben mehr persönliche Anhaltspunkte gewonnen. Dass der Zeitpunkt dieser Erfahrung nicht stimmt, spielt eine untergeordnete Rolle. Unterziehen Sie sich dieser Aufgabe und melden sich nachher wieder bei mir."

„Ich bin schon selbst darauf gekommen und habe in meinem Elternhaus angefangen, aber dann ist mir die Auseinandersetzung mit anderen Menschen in die Quere gekommen, die Notwendigkeit, meine Situation zu erklären."

„Davor dürfen Sie nicht zurückschrecken, auch wenn es manchmal unangenehm ist. Aber kümmern Sie sich nicht zu sehr um die Reaktionen. Die Menschen lassen sich in solchen Fällen von ihren eigenen Ängsten oder von ideologischen Vorstellungen beeinflussen."

Damian nahm es als günstiges Zeichen, dass ihm der Doktor geraten hatte, worauf er selbst schon gekommen war. Er rief Leda an und erzählte ihr davon. Er habe Lust, sogleich mit dem Vorhaben zu beginnen und werde nochmals seine Mutter aufsuchen.

*

Es war eigenartig, seiner Mutter ohne Ledas Schutz zu begegnen, obschon er sie doch viel länger kannte als Leda. Er versuchte, ihr seine Lage zu erklären, und war überrascht, wie schnell sie ihn verstand.

„Leider habe ich einen Termin beim Coiffeur, den kann ich nur ausfallen lassen, auch nicht verschieben, und meine Frisur sieht schrecklich aus, ich muss da hin, sonst würden wir gemeinsam losgehen."

Er wollte protestieren, er könne an ihrer Frisur nichts aussetzen, doch dann dämmerte ihm, dass für seine sechzigjährige Mutter ihr Aussehen sehr wichtig war. Ob das schon immer so gewesen war? Dann hätte er etwas aus seinem früheren Leben entdeckt.

Seine Mutter stand energisch auf und ging zum Büchergestell. Sie las zwar wie alle digital, aber alles, was ihr wichtig war – Bücher, Dokumente, Fotoalben –, wollte sie zusätzlich in Papierform in ihrem Bücherregal haben.

„Jetzt nehmen wir den Dorfplan hervor, und ich zeichne dir die Orte deiner Jugend ein. Dann gehst du denen nach, und zum Nachtessen bist du zurück. Ich mache uns ein paar Brote."

Sie zeigte ihm die Örtlichkeiten, und er programmierte sein Mobcom. Dann brach er auf und folgte dem Rundgang, den seine Mutter ihm vorgeschlagen hatte.

Zuerst die Schule. Er stand vor dem Gebäude und liess den Anblick auf sich wirken. Tief innen nährte er die Hoffnung, dass dieser etwas in ihm auslösen würde, eine Erinnerung oder eine Empfindung. Nichts geschah. Er sah einfach dieses alte, ehrwürdige Gebäude vor sich, gut renoviert, aber offensichtlich nicht mehr im selben Gebrauch wie als es erbaut wurde, da die Kinder den grössten Teil des Unterrichts, der das implantierte Gedächtnis zu ergänzen hatte, zu Hause empfingen. Sein Chip lieferte ihm die Informationen über die grosse europäische Schulreform. Mit der Implantation des künstlichen Gedächtnisses erübrigten sich grosse Teile des Unterrichts, und der Rest wurde zunehmend im interaktiven Heimunterricht vermittelt. Dadurch hatten die Staaten gewaltige Gelder eingespart. Neue Schulhäuser brauchte es nicht mehr, und die Zahl der Lehrkräfte konnte massiv verringert werden.

Die Tür war nicht verschlossen. Er betrat das Gebäude, das innen nicht beleuchtet war und daher düster wirkte, zwar aufgeräumt und sauber, aber düster. Er nahm einen eigenen Geruch wahr und fragte sich, ob dieser schon immer hier gewesen war. Er hörte im Kellergeschoss Stimmen und stieg hinunter. Schliesslich fand er eine Klasse von zehn Kindern, die Handarbeiten machten. Der Lehrer, ein junger, unscheinbarer Mann, begrüsste ihn freundlich und erklärte ihm den Unterricht. Er hielt Damian zuerst für einen Vater, erkannte aber seinen Irrtum, als keines der Kinder reagierte.

„Wissen Sie, ich bin hier zur Schule gegangen", sagte Damian, „vor mehr als zwanzig Jahren."

„Da hat sich aber einiges geändert", lachte der Lehrer. „Damals gingen die Kinder noch jeden Tag zur Schule, allerdings nur noch für zwei Stunden. Und nur, um Fragen zu stellen, wenn sie die Information auf dem Chip nicht verstanden hatten. Inzwischen sind die Implantate viel besser programmiert. Wir holen die Kinder jetzt nur noch für Veranstaltungen mit sozialem Charakter, Vorträge mit Diskussion, Handarbeit und sportliche Wettkämpfe hierher. Wir nutzen das Gebäude nur noch wenig. Dafür steht es den Dorfvereinen zur Verfügung."

„Darf ich mich umsehen?"

„Nur zu. Nichts ist hier abgeschlossen."

„Noch eine Frage: mir ist der Geruch aufgefallen. Roch es schon immer so?"

Der Lehrer lachte. „Ja. Der hängt für ewig im Haus. Ich bin hier vor zehn Jahren zur Schule gegangen, er hat sich nicht verändert. Alte Schulhäuser riechen eben so."

Damian bedankte sich und stieg in die oberen Stockwerke. Die Zimmer waren bis auf eine neutrale Bestuhlung, die auch für Versammlungen geeignet war, leer. Er stellte sich vor, wie er inmitten einer Klasse hier gesessen hatte und einer Lehrperson Fragen gestellt hatte. Die Vorstellung funktionierte, das war beinahe so gut wie eine wirkliche Erinnerung. Draussen dachte er, hier ging ich jahrelang ein und aus, aber ich weiss nicht mehr, ob gern oder mit Abneigung.

*

Er ging weiter, vorbei an der Dorfbäckerei, in der er gemäss seiner Mutter jeweils das Brot für die Familie geholt hatte, dann am Dorfkino, das nicht mehr als solches genutzt wurde, sondern als Lagerraum für die Gemeindeverwaltung. Seine Mutter hatte ihm am Morgen erzählt, er sei einmal in diesem Kino gewesen. Zwar war es schon seit vielen Jahren nicht mehr in Betrieb gewesen, doch hatte es ein Dorfverein aktiviert, um historische Filme zu zeigen.

„Bei der Wiedereröffnung zeigten sie einen Film namens 'Titanic' aus dem Jahr 1997. Du kamst nach Hause und hast mir die Geschichte erzählt, wie der zu seiner Zeit modernste Ozeandampfer unterwegs von Europa nach Amerika mit einem Eisberg zusammengestossen und gesunken war, den grössten Teil seiner Passagiere in die Tiefe reissend. Das Kino wurde allerdings kein Erfolg. Die Leute sassen schon damals lieber vor dem Weltbild. Ich glaube, sie zeigten noch zwei weitere Filme, dann war Schluss."

Wenn er nur Zeugen für seine damaligen Taten fände! Bestimmt hatte ihn dieser Film ziemlich beeindruckt, sonst hätte er seiner Mutter kaum davon berichtet. Was er nicht wusste: Wann habe ich den Film gesehen? An einem Sommer- oder Winterabend? Mit welchen Freunden und Freundinnen? Sind wir nachher etwas trinken gegangen? Hat es noch jemanden gegeben, dessen Eltern ein Auto besassen, und sind wir damit laut jubelnd durch die warme Nacht gerast?

Er kehrte zu seiner Mutter zurück und fragte sie nach damaligen Freunden. Sie konnte zuerst nicht sagen, ob solche noch im Dorf zu finden waren, doch dann fiel ihr ein, dass er vielleicht mit Heiner Stolz zur Schule gegangen war, und der lebte tatsächlich noch hier. Sie rief ihn sogleich an.

Heiner erinnerte sich gut an Damian. Er erwähnte, dass sie sich am Sonntag Nachmittag auf der Strasse gesehen hatten, doch Damian, in Begleitung einer Frau, habe ihn nicht bemerken wollen. Die Mutter erklärte ihm in wenigen Worten Damians Situation, und Heiner Stolz schlug vor, Damian solle nach dem Nachtessen zu ihm kommen.

Das Haus lag auf einem Hügel hinter dem Dorf, war gross und zeugte von Reichtum. Heiner empfing Damian freundlich, stellte ihm seine Gattin vor und führte ihn dann in die Bibliothek, wo eine geöffnete Flasche Wein und Gläser standen.

„Was ist denn aus dir geworden?" fragte er.

„Ich arbeite als Bauingenieur, führe statische Berechnungen durch, lebe in Zürich, zusammen mit Leda, der Frau, die du mit mir zusammen gesehen hast, als wir vom Besuch bei meiner Mutter zurückkehrten. Aber du, was machst du?"

„Nun ja, ich produziere Filme. Von hier aus, sie werden zwar in München gedreht. Vor allem Serien, und zwar Komödien. Das ist es, was das Publikum will. Pro Woche ein Film. Wir drehen nur die Sequenzen mit den Darstellern, für alles andere haben wir Konserven. Aber das stört die Zuschauer nicht. Schalte mal auf den Komödienkanal, und du findest im Lauf des Abends bestimmt ein Werk des Produzenten Harry Pride. Dank modernen Synchronisationstechniken verkaufen wir die Filme weltweit, und wie du siehst, mit einigem Erfolg. Es geht mir also ziemlich gut."

„Schön, ich freue mich für dich. Aber deswegen bin ich nicht gekommen. Siehst du, ich habe ein Problem. Ich weiss viel zu wenig über meine Jugendzeit. Die allgemeine Information haben sie mir ins Gedächtnis gespeichert, aber die persönliche war nicht vorhanden. Jetzt suche ich verzweifelt danach."

„Was meinst du genau? Unsere Klassenkameraden? Was wir während und nach der Schule angestellt haben?"

„Einfach alles. Kannst du dich erinnern, wie wir uns den Film 'Titanic' anschauten?"

Heiner lachte. „Da war ich nicht dabei. So ein alter Schinken, der interessierte mich nicht. Aber du und die andern, ihr wart vollkommen hingerissen von dem Streifen, das weiss ich heute noch."

„Hatte ich damals eine Freundin?"

„Das weisst du nicht mehr? Klar hattest du, und zwar Denise, die Bäckerstochter."

„Und die Bäckerei gibt es noch?"

„Nein. Denises Eltern haben aufgegeben, der Laden rentierte wegen der industriellen Produktion von Backwaren nicht mehr. Denise eröffnete dann, zusammen mit dem italienischen Bäcker, eine Nostalgiebäckerei, aber die florierte auch nicht, obschon auch Kundschaft aus den Nachbardörfern kam. Also heiratete sie ihren Bäcker und lebt jetzt in Italien. Sie kommt nur an Weihnachten mit der ganzen südländischen Familie heim zu ihren Eltern."

„War sie hübsch?"

„Nun ja, leidlich. Jetzt ist sie ziemlich in die Breite gegangen. Aber sag mal, was nützt dir das alles eigentlich? Das ist doch kindisch. Ich wüsste was Besseres für dich. Ich baue dein Schicksal in eine meiner Serien ein. Könnte toll werden. Ein Mann verunfallt, erhält ein neues Gehirn, kommt quasi wieder auf die Welt, holt sich seine Erinnerungen wieder rein, und macht sich dabei natürlich lächerlich, aber verstehst du, auf sympathische Art, die Zuschauer haben Mitleid mit ihm, lächeln nachsichtig, wenn er einen Fauxpas begeht, zum Beispiel einer nun verheirateten ehemaligen Geliebten einen Antrag macht."

Heiner lachte laut, offenbar fand er die Idee umwerfend. Er schenkte Damian Wein nach und wurde konkret: „Ich schlage dir vor, mir zu diesem Zweck ein, zwei Wochen zu widmen. Im Keller habe ich einen Videokonferenzraum, da schalten wir einen Drehbuchautor und eine Regisseurin zu und lassen dich erzählen. Du bekommst von mir ein Grundhonorar sowie eine Beteiligung an den Einnahmen. Wie klingt das?"

Damian fühlte sich vom Vorschlag abgestossen. Er erkannte, weshalb Heiner so erfolgreich war. Damian kam zu ihm, um etwas zu erbitten, und sogleich sah Heiner die Möglichkeit, ihn für seine Zwecke zu benutzen und aus der Situation Profit zu schlagen. Er schaute auf die Uhr und erklärte, er werde es sich überlegen, nun fahre er nach Hause. Aber schon auf der Rückfahrt durch die Nacht wusste er, dass er nie und nimmer auf Heiners Angebot eingehen würde.

10

Am nächsten Morgen erzählte er Leda von seinen Besuchen. „Ich kenne das Dorf mittlerweile ziemlich gut und kann mir vorstellen, wie ich dort gelebt habe, zur Schule ging, für meine Mutter Besorgungen machte und mit andern Jugendlichen die Freizeit verbrachte. Wenn jemand mich in ein Gespräch über das Dorf verwickeln würde, könnte ich ziemlich gut mithalten. Ich meine, schliesslich vergessen wir alle sowieso die meisten Details. Ich glaube daher, es bringt nichts, nochmals dorthin zu gehen. Nur eines weiss ich allerdings nicht, ob ich in meiner Jugendzeit glücklich oder unglücklich war."

„Ich weiss auch nicht mehr, wie ich mich in meiner Jugendzeit allgemein gefühlt habe", gab Leda zu bedenken. „Vermutlich, weil ich stark in der Gegenwart lebe und immer in die Zukunft blicke. Natürlich hängt es auch damit zusammen, dass ich keine herausragenden Erlebnisse zu verzeichnen habe. Keine Unglücksfälle, zum Beispiel. Und da ich ein ruhiges Temperament habe, bin ich überzeugt, dass ich manchmal zufrieden oder traurig war, aber nie überglücklich oder tief betrübt."

Danach erledigte sie den Haushalt, während er einkaufen ging. Dieser Vorgang kam ihm bereits nicht mehr neu vor. Er spazierte durch die schon vertraut wirkende Strasse zur Markthalle und kaufte Lebensmittel ein, die Leda oder er, wie er ihren Kommentaren zu den Mahlzeiten entnehmen konnte, besonders liebten, zum Beispiel das Fladenbrot, das sie beim ersten Mal erwähnt und ein spezielles Olivenöl, das sie immer wieder gelobt hatte. Er dachte, nach dem zehnten Mal werde ich das Gefühl haben, dies schon immer so gemacht zu haben, und damit habe ich doch schon etwas erreicht.

*

Er beschloss, heute nach Frauenfeld zu reisen, die Stadt, wo er das Gymnasium besucht hatte. Er begleitete Leda bis zum ‚Capricorne' und begab sich zum Bahnhof.

Unterwegs las er auf dem Mobcom im Buch seines Urgrossvaters. Gerold Trank beschrieb einen Menschen, der vollkommen in einen fremdbestimmten Alltag eingebettet war und der somit das Gefühl für die ablaufende Zeit verloren hatte. Dem Alltag konnte er keine Lust abgewinnen. Gerolds Protagonist wurde bewusst, dass er laufend Einbindungsversuchen ausgesetzt war: alle wollten ihm beibringen, was er zu denken und wie er zu leben hatte. Er lebte gut, aber war unglücklich und stellte sich Wege vor, um aus dieser Art Dasein auszubrechen. Schliesslich fand er einen unspektakulären Weg, um dies zu tun.

Damian hielt inne. Er sah die Ähnlichkeit. Wie Gerolds Protagonist hatte er seine Persönlichkeit verloren. Der Text seines Urgrossvaters sollte ihm helfen, diese wieder zu gewinnen.

In Frauenfeld angekommen, verliess er den Bahnhof und tippte „Kantonsschule" ins Mobcom. Das Mobcom fand keine Adresse. Und offenbar waren seine Erinnerungen an die Kantonsschule schlecht dokumentiert. Vom Mychip konnte er nur eine Ansicht des Hauptgebäudes sowie ein paar Klassenfotos abrufen. Er begab sich zurück zum allgemeinen Informationsschalter im Bahnhof und fragte. Eine gemütliche, rundliche Frau lächelte ihn an und sagte: „Sie sind wohl von auswärts?"

„Wissen Sie, ich ging hier seinerzeit in das Gymnasium."

Sie musterte ihn. „Dürfte aber schon einige Jahre her sein, wenn ich Ihr Alter richtig schätze. Vor – Augenblick – acht Jahren wurden die meisten Gebäude abgerissen. War alles schon ziemlich baufällig. Jetzt steht nur noch der Altbau, schön renoviert mitten in einem Park mit einer kleinen Konzerthalle. Ist allerdings umbenannt worden. Das alte Gebäude ist heute die kantonale Musikakademie. Zwar gibt's noch einige Kurse für die Gymnasiasten, aber zur Hauptsache gibt's Musikunterricht. Den kann man nur beschränkt via Bildschirm erteilen."

Damian war verwirrt. Er sagte mehr zu sich selbst: „Dann hat's ja keinen Sinn, dass ich dorthin gehe."

„Doch, doch, gehen Sie ruhig hin, schauen sie sich den Park an, er ist hübsch, auch die kleine Halle."

Unentschlossen spazierte er, der Navigation folgend, in Richtung seines ehemaligen Gymnasiums. Das letzte Mal war er vor zwölf Jahren hier gewesen, zu einer Jubiläumsfeier der Kantonsschulgründung. Ihn wurmte, dass er den Weg vom Bahnhof zur Schule, den er Hunderte von Malen gegangen war, nicht mehr kannte. Dann fiel ihm ein, dass seit seinem letzten Besuch das Stadtbild vermutlich markante Änderungen erfahren hatte. Er hätte sich auch mit seinem früheren Gehirn wohl nicht mehr zurechtgefunden.

Er erkannte das alte Gebäude wieder. Nur das Türmchen war erneuert worden. Er verweilte auf dem Platz und erkannte, dass er wegen der Änderungen keine Erinnerungen finden würde, die er erneuern konnte. Er gab sich einen Ruck und kehrte um.

*

Wieder in Zürich angekommen, beschloss er, die Technische Hochschule zu besuchen. Das Hauptgebäude von Semper stand noch da, nebst einigen Institutsbauten. Ihm fiel jedoch auf, dass hier nicht viel Betrieb herrschte. Auch die Studenten hingen heutzutage am Internet. Immerhin musste es noch Forschungslabors geben.

Er betrat den Semperbau. In der Eingangshalle gab es einen Informationsschalter, wo er um einen Plan bat. Er blickte sich um und sah in der grossen Halle einen rotbraunen Boden, der ihm ungewöhnlich vorkam.

„War der Boden schon immer so rot?" fragte er den jungen Mann am Informationsschalter, der dadurch auffiel, dass er sein Haar grün gefärbt hatte, grosse Ohrringe trug und in einen weiten rosa Overall gekleidet war.

Der lachte. „Sie haben wohl die ursprünglichen Pläne im Kopf. Da war der Boden noch diskreter. Aber vor rund hundert Jahren kam jemand auf die Idee, mit der Farbe einen Akzent zu setzen. Zehn Jahre lang stritten sie, bis der Boden endlich rot war. Das steht übrigens alles in einer Broschüre über unser Hauptgebäude, die Sie bei mir auf Ihr Mobcom laden können."

Er kaufte die Datei und blickte sich weiter um. In der Eingangshalle herrschte Stille. Er fragte: „Kann ich Ihnen noch ein paar Fragen stellen?"

Der junge Mann lachte erneut. „Sie können den ganzen Tag hier stehen bleiben und mir Fragen stellen. Ist mir sehr angenehm, denn hier läuft überhaupt nichts."

„Sie meinen, die Hochschule ist kein Forum des Wissenstransfers und der Begegnung mehr?"

„Bestimmt nicht. Diese Funktion hat das Internet übernommen. Wir betreiben hier noch zwei grössere Auditorien, wenn mal ein berühmter Wissenschaftler in die Stadt kommt, den die Akademiker in Natur sehen möchten. Sonst werden nur noch die Prüfungszimmer und -säle benützt, zweimal pro Jahr während drei Wochen. Es gibt noch eine zentrale Verwaltung sowie das Kommunikationszentrum mit dem Hochschulrechner, aber dieses ist in einem anderen Gebäude."

„Um meine Fragen zu verstehen, sollten Sie wissen, dass ich hier vor fünfzehn Jahren mein Studium als Bauingenieur abgeschlossen habe. Jetzt habe ich durch einen Unfall mein Gedächtnis verloren und versuche, das wichtigste aus meinem früheren Leben zu rekonstruieren. Ich kenne nur die rohen Fakten, die haben sie mir auf dem Implantat gespeichert. Aber um die Situation gefühlsmässig zu erfassen, zu spüren, was die toten Zahlen tatsächlich bedeuten, musste ich hierher kommen."

„Sie Ärmster! Das muss unangenehm sein. Aber ich muss sagen, ich habe Ihnen überhaupt nichts angemerkt von einem Unfall oder sonst einem Schaden. Sie sehen ja überhaupt blendend aus."

Er musterte Damian genau, dem dies irgendwie peinlich war und der daher schnell weiter fragte:

„Und was ist in den übrigen Gebäuden?"

„Ich würde Sie ja liebend gern persönlich herumführen, muss aber an meinem Platz bleiben. Einmal pro Woche kommt meine Chefin vorbei, das ist eine ganz Schlimme, die duldet keine Nachlässigkeit, und jetzt ist eine Kontrolle wieder fällig. Also, in den übrigen Gebäuden befinden sich nur noch Labors. Da wird noch geforscht und gearbeitet wie früher. Labors sind das einzige, was die Forschenden nicht zu Hause betreiben können."

„Und die Bibliothek?"

„Läuft vollautomatisch. Sie können alle Dokumente über das Net zu Hause abrufen. Es gibt nur noch zehn Angestellte, welche den Bestand à jour halten und dafür sorgen, dass neue Dokumente samt der Adresse der Datenbank, wo sie stehen, katalogisiert werden."

„Was mich natürlich am meisten interessiert, ist, wie sah der Studienbetrieb vor fünfzehn oder zwanzig Jahren aus, als ich hier war."

Der junge Mann kicherte. „Für wie alt halten Sie mich? Ich war damals noch nicht dabei. Immerhin ist die bauliche Entwicklung des Hochschulgeländes in der Broschüre, die Sie auf Ihr Mobcom geladen haben, aufgezeichnet. Dort sehen Sie, dass der Gebäudebestand in den letzten fünfzehn Jahren kontinuierlich verkleinert worden ist. Man hat einige der Laborgebäude an die Industrie verkauft und alles, was baufällig war, abgerissen. Das ist der Grund für die vielen Grünflächen, die Sie überall finden."

Er nahm Damian das Gerät aus den Händen, öffnete die Datei und zeigte ihm eine Reihe von aufeinanderfolgenden Fotografien des Hochschulgeländes. Vor hundert Jahren war alles dicht überbaut gewesen. Jetzt standen nur noch wenige Gebäude in einer Parklandschaft, und dasselbe galt für das benachbarte Universitätsgelände, eingeschlossen das Universitätsspital, wie er es ja schon am Tag seiner Rückkehr aus Doktor Meisters Klinik gesehen hatte.

„Was dagegen, wenn ich mich im Gebäude ein bisschen umblicke?"

„Überhaupt nicht. Das Gebäude ist öffentlich, wobei wir um fünf schliessen. Im Grunde genommen dient es vor allem als technisches Museum, Sie werden auf Ihrem Rundgang einige interessante Exponate und Originalpläne finden, alles schon Jahrzehnte alt. Wenn Sie um fünf zurückkommen, bin ich frei, wir könnten bei mir zu Hause etwas trinken, ich lebe allein. Übrigens, ich heisse Tzi-Tzi."

„Nein danke, Tzi-Tzi, ich bin bereits verabredet", wies Damian den Annäherungsversuch zurück. Er schritt durch das stille Gebäude und stellte sich vor, dass auch diese Gänge einst – lange vor seiner Zeit – von einem Gewimmel von Studenten erfüllt gewesen waren. Die Exponate langweilten ihn.

Er spazierte nachdenklich nach Hause zurück und dachte, die Bilderfolge der Hochschule zeigt, wie gründlich sich die Welt in den letzten hundert Jahren verändert hat. Und seit meiner Jugend ist diese Entwicklung im selben schnellen Tempo weiter gegangen. Aber das scheint niemanden zu stören, die Menschen konzentrieren sich offenbar auf die Gegenwart und Zukunft, wie Leda es heute morgen von sich gesagt hat. Was die Vergangenheit betrifft, pflegen sie noch einige nostalgische Reminiszenzen, und sonst leben sie aus dem Augenblick heraus. Ob ich mich auch dafür entscheiden könnte?

*

Da er früh zu Hause war, rief Damian den Meister an und berichtete von seinen Versuchen, Teile der verlorenen Erinnerungen zu rekonstruieren.

„Ich spüre überhaupt keine Veränderung", sagte er resigniert.

„Sie sind viel zu ungeduldig. Sie sollten diesem Prozess einige Wochen widmen. Sie können nicht erwarten, dass, nachdem Sie Ihre alten Schulen einmal kurz besucht haben, eine ähnliche Erinnerung vorhanden ist wie nach dem regelmässigen Aufenthalt während Jahren."

„Gut, ich gebe noch nicht auf. Aber wie verhalten sich denn meine Schicksalsgenossen, Doktor?"

„So weit ich das beurteilen kann, sind Frau Chappuis, Frau Korowski und Herr Hodzic nur an der Gegenwart interessiert. Sie haben sich in der neuen Situation eingerichtet und finden sich mit dem Verlust der alten Erfahrungen und Emotionen problemlos ab. Bei Herrn Flemm scheint das nicht der Fall zu sein, er hat ähnliche Probleme wie Sie und möchte seine Erinnerungen zurück."

Damian war nicht überrascht. Er hatte Flemm als konservativ und rückwärtsgewandt eingestuft, allerdings in einer anderen Weise als er selbst.

„Und wo finde ich Flemm?"

„Ich weiss es nicht. Er hat sich mit seinem Problem viel früher an mich gewandt, sich dann aber nicht mehr gemeldet. Vielleicht hat er den Dreh gefunden."

Damian bedankte sich. Nachher fühlte er sich ratlos. Er spürte wieder, dass alles von ihm abhing. Er brauchte nur den Schritt in die Sorglosigkeit zu tun und seine Situation zu akzeptieren, und alles war gut. Aber wie der Meister es formuliert hatte, er hatte den richtigen Dreh noch nicht gefunden, seine fehlende Vergangenheit hielt ihn zurück.

11

In der nächsten Zeit stürzte er sich wieder in seine Arbeit. Es kamen laufend Aufträge herein, die er prompt erledigte. Aber er blieb bedrückt, grüblerisch und sprach kaum noch mit Leda. Wann immer es ging wich er ihr aus. Zudem vernachlässigte er sich und legte Gewicht zu.

Er spürte, wie er dadurch die Beziehung mit Leda aufs Spiel setzte, und dass er auf diese Weise seinem Rivalen, dem Küchenchef im ‚Capricorne', Leda auf dem Silbertablett lieferte.

An einem Sonntagmorgen beim Frühstück brach ein Streit zwischen ihnen aus, wegen einer Nichtigkeit, Leda hatte die Brötchen zu lange im Ofen gelassen. Die Auseinandersetzung dauerte den ganzen Tag und führte dazu, dass Leda, bevor sie zur Arbeit ging, ihm ein Ultimatum stellte. Sie würde ausziehen und sich im ‚Capricorne' in einem der Personalzimmer einrichten. Wenn Damian glaube, er bekomme sich wieder in den Griff, werde sie zurückkehren.

Damian glaubte ihr erst, als sie am nächsten Tag den Lieferwagen des ‚Capricorne' kommen und ihre persönlichen Sachen abtransportieren liess. Er lief ihr nach und bat sie, zu bleiben, aber sie blickte ihn aus dem Auto traurig an und winkte dem Angestellten, der ihr geholfen hatte, abzufahren.

Er kehrte in die Wohnung zurück und setzte sich verwirrt ins Wohnzimmer. Vor ihm am Boden stand eine massive Tonvase, die sie zusammen gekauft hatten, als sie der Wohnung einen südlichen Anstrich geben wollten. Er erhob sich, ergriff die Vase und schmetterte sie zu Boden. Der Lärm war beachtlich. Kurz darauf klingelte Sung Hunkeler an der Tür und fragte, ob Damian Hilfe benötige. Er reckte den Hals, um über Damians Schulter zu schauen, und erblickte die Splitter.

„Ich hab sie umgestossen, beim Putzen, verstehst du, so ein Pech", redete Damian sich heraus und warf dem neugierigen Nachbarn die Türe ins Gesicht.

Der Ausbruch hatte ihn entlastet. Er trank einen Whisky und überlegte sich, was er tun möchte, aber ihm fiel nichts ein. Er hatte keine Lust, zu arbeiten, mochte nicht ausgehen, das Weltbild und dessen Sendungen interessierten ihn nicht, und er wollte keine Musik hören. Er hatte keine Lust, eine Verbindung mit der Welt herzustellen. Also legte er sich aufs Sofa und dämmerte ein.

In den Wochen danach hielt der Dämmerzustand an. Apathisch schlich Damian in der Wohnung umher und tat nur das nötigste, um sich am Leben zu erhalten. Eines Tages kam Lioba Hunkeler herauf, als ihr Mann gerade weg war, und erklärte: „Bei dir ist etwas nicht in Ordnung, Damian. Ich möchte dir gerne helfen."

„Da gibt's nicht viel zu helfen", antwortete Damian, „du hast sicher bemerkt, dass Leda ausgezogen ist."

„Aber weshalb denn?"

„Weil ich einfach nicht mit dem Verlust meiner Vergangenheit fertig werde und mich darüber zu einem kontaktlosen Sonderling entwickle."

„Ach komm. So schlimm wird's nicht sein."

Sie sass neben ihm auf dem Sofa und ergriff seinen Arm. Als er ihren weichen Körper dicht neben sich spürte, packte ihn sexuelle Gier. Er begann die Frau, die zehn Jahre älter war als er, zu liebkosen, und sie liess sich alles gefallen, so dass er sie auszog, dann selbst aus den Kleidern sprang und sie auf dem Teppich vor dem Sofa ausgiebig liebte. Sie genoss jeden Augenblick und seufzte wohlig. Als sie fertig waren, zog sie sich wieder an, lächelte ihm zu und sagte: „Jetzt muss ich gehen, aber du kannst sicher sein, ich komme wieder."

Der Akt hatte ihn dem Leben wieder zugeführt. Zudem kündigte sich in diesen Tagen der Frühling an. Es war ein Jahr her, dass er verunfallt war, und ein halbes, seit er die Klinik des Meisters verlassen hatte. Er bekam wieder Lust, zu arbeiten und auszugehen.

*

Von da an ging er häufig ins ‚Café Herz' beim Bahnhof, mischte sich unter die Unangepassten und suchte das Gespräch mit ihnen.

„Du suchst die verlorene Zeit wie ein einstiger Romanautor", spottete der Schnauzer, „dabei würdest du besser dein Schicksal hinter jenem der Gesellschaft zurückstellen, denn diese rast dem Abgrund zu."

Der ihm wohlgesinnte Fredo jedoch riet ihm, es mit einer Psychoanalyse zu versuchen. Er musste Damian zuerst erklären, um was es sich handelte, worauf dieser sich mit Doktor Meisters Empfehlung bei einem Psychiater anmeldete.

Doktor Stössel war ein freundlicher Mensch, voller Verständnis, der Damian sprechen liess, ihn dazu brachte, über seine Aussagen nachzudenken und seine Empfindungen aufs genaueste zu umschreiben. Nach einem Monat brach er die Sitzungen ab, indem er erklärte:

„Sehen Sie, der Sinn der Psychoanalyse besteht darin, die einstigen Empfindungen hervorzuholen. Ich bin leider zum Schluss gelangt, dass bei Ihnen überhaupt nichts mehr davon vorhanden ist. Aus meiner Sicht sind Sie ein hoffnungsloser Fall, und ich sage das nur, weil Sie abgesehen von der normalen Trauer über das verlorene emotionale Gedächtnis seelisch und geistig gesund sind. Der Verlust ist unabänderlich, damit sollten Sie sich abfinden. Dabei kann ich Ihnen nicht helfen. Das Leben geht weiter. Verdrängen Sie die Trauer nicht, sie wird verschwinden, wenn Sie nicht zwanghaft daran festhalten. Sie haben allerdings eine Dummheit gemacht, als sie ihre Frau vergraulten, die doch immer zu Ihnen stand. Versuchen Sie besser, die Beziehung wieder zu kitten."

Als Damian im hellen Licht auf der Strasse stand, sagte er sich diese Worte nochmals vor, und sie schienen ihm ebenso viel Hoffnungslosigkeit wie Hoffnung zu beinhalten. Er fühlte sich seltsam in der Schwebe und begab sich ins ‚Café Herz'.

Er traf Fredo, der ihm zur Psychoanalyse geraten hatte, und berichtete vom Verdikt des Psychologen. Der Mann, der neben Fredo sass, hörte interessiert zu. Damian hatte ihn schon ein paar Mal hier gesehen, aber sie waren noch nie ins Gespräch gekommen. Als Fredo Damians Neugier bemerkte, stellte er die beiden einander vor:

„Damian, das ist der Glöckner. Glöckner, das ist Damian. Damian ist Bauingenieur, der Glöckner ist Jurist und arbeitet bei einem Stadtamt. Einer der wenigen, die in der Stadt ein Büro haben, denn seine Schäfchen, von denen übrigens einige hier verkehren, empfängt er zur Recht nicht in der Wohnung. Und nebenbei schreibt er Prosa, die er uns zum Lesen gibt."

Der Mann war Damian sympathisch. Er musste vom Alter her kurz vor der Pensionierung stehen. Er zog an seiner Zigarette und seufzte: „Ich komme vor allem her um in Ruhe ein Gläschen zu trinken und zu rauchen."

„Wieso nennen sie dich Glöckner?" fragte Damian.

Der Glöckner lachte. „Ich hatte mal die Gelegenheit, die Glocken des Grossmünsters zum Läuten zu bringen, und da Fredo die Szene auf seinem Mobcom festhielt und hier herumzeigte, hatte ich meinen Übernamen weg."

„Und was schreibst du?"

„Zur Zeit arbeite ich an einem mehrbändigen Werk, das aufeinander abgestimmte Texte aus meiner Familiengeschichte sowie Satiren und Hörspiele von mir selbst enthält. Ist eine Sauarbeit, aber macht Freude."

„Das kann ich mir vorstellen. Ich möchte das lesen, wenn du fertig bist. Mein Urgrossvater schrieb. Ich habe jetzt gerade einen Roman von ihm aus den 1990er Jahren gelesen."

„Das würde mich interessieren. Leihst du mir den Text mal aus?"

„Du kannst ihn gleich hier auf dein Mobcom laden. Ich habe aus dem Buch eine Datei gemacht, um unterwegs lesen zu können. Und du musst mir sagen, was du davon hältst."

*

Das Urteil von Doktor Stössel hatte etwas in Damian deblockiert. Er fing wieder an, regelmässig zu arbeiten. Er sass am Morgen am Computer und verbrachte den Nachmittag im ‚Herz', wo er sich mehr zu Hause fühlte als in der Wohnung, die seit Ledas Auszug seltsam unpersönlich wirkte. Ausser dem ‚Herz' gab es im Norden Zürichs noch ein ähnliches Lokal, die ‚Kuba-Bar'. Damian ging einmal dorthin, traf jedoch Tzi-Tzi, den aufdringlichen jungen Mann vom Informationsschalter in der technischen Hochschule, als Dauergast an der Bar und mied das Lokal seither.

Immer wieder dachte er über sein Leben nach. Die meisten Menschen waren mit ihrem Dasein zufrieden.

Es gab nur wenige Unangepasste, die sich auf die Städte konzentrierten, sich in Cafés wie dem ‚Herz' trafen und niemanden störten, obschon sie laufend Ideen über revolutionäre Umwälzungen gebaren, mit denen sie die Menschheit wieder einem nach ihrer Ansicht sinnvolleren Leben zuführen wollten.

Die Revolution interessierte Damian nicht, aber er kam zum Schluss, dass er ebenfalls nicht in die Mehrheitsgesellschaft passte. Und wenn er an den Roman seines Urgrossvaters dachte, schien ihm das gar nicht schlimm zu sein. Was ihn beunruhigte war die Einsicht, dass die Gäste des ‚Herz' zunehmend zu einer Familie für ihn geworden waren, der er sich anpasste.

Im ‚Herz' verkehrten auch die paar wenigen Huren, welche es in der Stadt noch gab, und man konnte jederzeit leichte Drogen zu vernünftigen Preisen kaufen. Damian wusste, dass Prostitution und Drogen früher viel verbreiteter gewesen waren. Er begann, ein bisschen Haschisch zu rauchen. Anfänglich genoss er den entrückten, heiteren Zustand, den ihm der nach verbrannten Pflanzen riechende Rauch bescherte. Wenn der Rausch am Abklingen war und sich eine seltsame Klarheit in ihm ausbreitete, begab er sich in die Ecke, wo die Huren sassen und sich über die Anwesenden amüsierten. Als Stammgäste kannten sie sich alle, er wählte eine von ihnen aus und begleitete sie in ihre Wohnung, wo er mit klarem Kopf den Sexualakt absolvierte und sich dabei selbst beobachtete, wie er sich in die Frau hinein wühlte.

Manchmal störte ihn der Gedanke, dass er nicht wusste, ob er so etwas schon einmal gemacht hatte oder nicht. Dann kam er sich wieder verkrüppelt vor. Einmal war die Enttäuschung so gross, dass er erwog, sich das Leben zu nehmen, und zwar unwiderruflich, auf eine Art, die ihn vollständig zerstören würde, so dass eine Wiederherstellung durch Klonung nicht mehr möglich war. Er dachte daran, sich mit Benzin zu übergiessen und in einem reinigenden Feuer auszulöschen. Was ihn schliesslich davon abhielt, war der schreckliche Gedanke, er könnte nicht vollständig verbrennen, würde doch wieder neu geklont und müsste das, was er durchgemacht hatte, noch einmal durchmachen – ein Alptraum, der sich ewig zu wiederholen drohte, eine Vorstellung der Hölle.

*

Dann kam der Tag, als er Flemm im ‚Herz' traf. Er hätte ihn nicht bemerkt, so sehr hatte sich dieser verändert. Damian sah einen dicken, älteren Mann, den er noch nie bemerkt hatte, an einem der Tische sitzen, mit langem grauem Haar und Bart, der ihn verschmitzt aus seinen hinter dicken Backen verschwindenden Äuglein anblickte.

Der Mann erhob sich und hielt Damian am Arm zurück. „Nun komm, Damian, schön, dich zu sehen, ich freue mich ehrlich, setz dich zu mir, trink von meinem Wein, Kellner, noch ein Glas, bitte."

„Wer bist du? Kennen wir uns? Du musst wissen, ich hatte einen Unfall mit totalem Gedächtnisverlust."

„Ich auch, mein Freund, ich auch. Sieh doch genau hin, wen du vor dir hast. Wir waren zusammen in der Klinik des Meisters. Na, erkennst du mich? Ich bin Gotthard, Gotthard Flemm."

Nur bei genauem Hinsehen konnte Damian hinter der Fassade Flemms quadratischen Schädel erkennen, doch der einstige Ausdruck von Rechtschaffenheit und Ordnungswut war weg.

Damian war überrascht, wie sehr er sich über die Begegnung freute. „Natürlich freut es dich", erklärte ihm Flemm, „denn das ist nun vielleicht eine deiner ersten Erinnerungen an eine frühere Zeit. Aber erzähl doch, wie geht es dir? Kommst du oft hierher?"

„Allerdings. Und du, bist du das erste Mal hier?"

„Ja. Aber bestimmt nicht das letzte Mal."

„Ich verbringe meine Nachmittage und Abende hier. Am Morgen sitze ich an meinem Computer und erledige Aufträge. Was arbeitest du? Immer noch bei der Stadtverwaltung?"

Flemm lachte. „Ja, aber sie haben mir einen neuen Job gegeben. Ich hatte angefangen, ausnahmslos allen, die ein Gesuch stellten, die Benützung eines Privatwagens zu gestatten. Sie haben mich, als sie sahen, dass ich nicht mehr zum Vollzugsbeamten taugte, in die Stadtmediothek gesteckt. Dort sitze ich und befasse mich mit den Neuanschaffungen. Ich kaufe die neusten Spielfilme ein. Bist du schon bei uns Abonnent? Dann kannst du dir fast jeden Film zu Hause auf den Bildschirm bestellen. Falls du es nicht bist, solltest du es dir überlegen, die Gebühr ist gering."

„Eigenartig, ich habe das Interesse an Spielfilmen verloren, auch Nachrichten oder Reportagen schaue ich nicht mehr an. Aber ich besitze eine beachtliche Sammlung von Literatur über historische Bauwerke, und neuerdings befasse ich mich wieder damit. In den letzten Jahren wurde einiges veröffentlicht, was ich noch nicht habe."

„Ich sehe, du magst nicht nur in der Gegenwart leben. Nichts dagegen, aber pass besser auf, dass du gefühlsmässig nicht verarmst. Wenigstens kommst du regelmässig hierher, an einen der letzten Orte, wo die spontane Geselligkeit gepflegt wird. In der übrigen Gesellschaft ist sie weggefallen, da bleibt man nur immer im selben, vertrauten Kreis stecken."

Damian dachte, das muss ausgerechnet er mir sagen, ich gebe zu, er hat sich tatsächlich gewaltig verändert, undenkbar, dass der Beamte Flemm, so wie ich ihn noch aus der Klinik in Erinnerung habe, jemals hierher gekommen wäre.

Danach sprachen sie über ihre Beziehungen. Es war drei Monate her, dass Leda ausgezogen war, und Damian spürte, dass er sich in der nächsten Zeit entscheiden musste. Er hatte sich noch nicht imstande gefühlt, Leda unter die Augen zu treten und zu erklären, er wisse nun, in welcher Richtung sich sein Leben entwickle.

Gotthard Flemm hatte nie eine feste Beziehung gehabt, was er dem Umstand zuschrieb, dass er zur Zeit seiner Erkrankung immer noch bei seinen Eltern gelebt hatte. Diese waren inzwischen in ein Altersheim gezogen, so dass er sich in der Nähe des Bahnhofs eine neue Wohnung genommen hatte.

„Der Wechsel in eine neue Lebenssituation war überfällig. So kurz die Beziehung zu Joelle Chappuis war, hat sie mir doch die Augen geöffnet. Das ist ja kein wirkliches Leben, das ich führe, habe ich mir gesagt, ich sitze immer noch bei meinen Eltern, anstatt eine eigene Beziehung aufzubauen. Seither bin ich auf der Suche nach einer Frau, was gar nicht so einfach ist, angesichts der fehlenden Geselligkeit."

„Ich würde dir gerne helfen, weiss aber nicht, wie."

„Nun, jedenfalls hat es mich gleich in dieses Lokal gezogen. Die Bekanntschaft damit verdanke ich einer Reportage, in der sie das 'Herz' als Zuflucht der Aussenseiter vorstellten. Ich dachte mir, da gehörst du hin."

„Und wie wirst du mit deiner Situation fertig? Ich gestehe dir, ich habe nicht wenig Mühe damit. Ich finde mich nicht mit dem Verlust meiner Erinnerungen ab."

„Ich weiss, der Meister hat es mir erzählt. Mir ging es anfänglich genauso. Und dann geschah es eines Tages, dass ich Zeuge eines Unfalls wurde. Und da es fast keine Unfälle mehr gibt, nahm ich dies als Wink des Schicksals. Ich ging an einer Baustelle vorbei, als einer der Arbeiter vom Gerüst stürzte, nicht weit weg vom Ort, wo ich gerade war. Den Mann hatte es ziemlich erwischt, kein schöner Anblick, kann ich dir sagen. Er war augenblicklich tot. Sein Körper war auf eine Baumaschine geprallt und weitgehend zerschmettert."

Er hielt inne und nahm einen Schluck Wein.

„Der Rettungswagen war schnell da. Ich hörte den Arzt sagen, dass nichts mehr auszurichten sei. Und was mich dann so beeindruckte: sie fuhren weg und liessen ihn liegen, bis der Leichenwagen kam und ihn abtransportierte. Da ist ein Blitz der Erkenntnis durch mich gefahren. Plötzlich sah ich, wie einem Menschen das Leben genommen wurde, wogegen es mir noch einmal geschenkt worden war."

Flemm trank sein Glas leer und fuhr fort: „Ich bin wiedergeboren worden und habe dabei das Gedächtnis an mein früheres Leben verloren – weisst du, so wie man sich in östlichen Religionen die Seelenwanderung vorstellt. Aber das war plötzlich nicht mehr so wichtig. Na bitte, ich hatte wieder ein Leben und sah, dass ich gerne lebte, wozu also der Vergangenheit nachtrauern."

„Nun ja, das klingt ja schön. Ich habe trotzdem keine Antwort auf die Frage, wer ich bin. Um das zu veranschaulichen: stell dir mal vor, sie hätten dir meine dokumentierten Fakten als Erinnerung eingepflanzt und du würdest glauben, du seist Damian Trank."

„Scheisse. Daran habe ich nicht gedacht. Nun, es wäre theoretisch möglich, aber praktisch nicht. Meine Eltern haben den Prozess begleitet wie bei dir deine Frau. Und diese Personen können einfach nicht alle

Teil einer Verschwörung sein. Wenn du das glauben würdest, würde ich dir empfehlen, dich in psychiatrische Obhut zu begeben."

„Ich glaube es auch nicht. Aber dennoch: meine Persönlichkeit ist durch meine Erfahrungen entstanden, und zwar nicht nur durch die dokumentierten. Im neuen Leben frage ich mich, ob ich mich überhaupt als Individuum verstehen kann? Oder bin ich nur durch die gesellschaftlichen Belange definiert?"

„Ach komm. Du hast immer noch dieselben Anlagen. Jetzt entwickelst du dich aufgrund neuer Erfahrungen einfach wieder zu einem Individuum. Wo liegt das Problem?"

Damian schwieg, weil eine Menge von Gedanken auf ihn hereinstürzten. Flemms Argumentation hatte viel für sich. Und wenn Flemm das Leben lieben durfte, warum nicht auch er? Er verabschiedete sich und ging zu Fuss nach Hause.

*

Der Abend kündigte sich an, die Luft des ausklingenden Frühlings war milde und roch würzig, auf den Strassen waren zufriedene Menschen unterwegs. „Wie geht es uns allen gut", dachte Damian, „natürlich haben wir alle unsere alltäglichen Sorgen, aber seit Jahrzehnten kennen wir weder Krieg noch Not, und dies schon weltweit. Weshalb sollte es nicht auch mir gut gehen dürfen?"

An diesem Abend rief er Leda an und erkundigte sich nach ihrem Zustand. Ihre Stimme klang erfreut, sie sprudelte ein paar Sätze ins Telefon, aber im ‚Capricorne' herrschte um diese Zeit Betrieb, so dass sie auflegen musste, nicht ohne Damian das Versprechen abgenommen zu haben, sie bald wieder anzurufen.

12

Es folgte die Zeit der langen Spaziergänge am Seeufer, bei denen Damian darüber nachdachte, wie er, wenn er doch nicht auf die früheren Erfahrungen zurückgreifen konnte, Erfahrungen gewinnen konnte, die den früheren ähnlich sein mussten.

Der Vorgang war ihm nicht völlig klar, aber in bestimmten Situationen hatte er, wenn er in letzter Zeit nach innen horchte, den Eindruck des déjà-vu gehabt, wobei er sich nicht an die Fakten erinnerte, sondern an seine scheinbaren Empfindungen in jenen bestimmten Situationen. Plötzlich fiel ihm ein, wie er sich beim ersten Gespräch mit Doktor Meister in der Klinik seinen eigenen Unfall ausgemalt hatte. Dabei hatte er so unangenehme Gefühle verspürt, dass er die Gedanken gleich wieder verdrängte. Konnte es sein, dass er die nicht mehr zu erinnernde Wirklichkeit durch eine vorgestellte Wirklichkeit kompensieren konnte?

Er suchte nochmals sein Dorf auf und begab sich ins Schulgebäude, setzte sich im dunklen Treppenhaus auf die steinernen Stufen und horchte nach innen. Er vermeinte, Kindergeschrei zu hören, zu spüren, wie ein Kind – er selbst – von einem anderen gestossen, hinstürzte, sich auf dem steinernen Boden das linke Knie blutig schlug und aus einer Mischung von Schmerz und Wut heftig weinte. Dabei glaubte er, diese Gefühle selbst zu verspüren. Er zog sein Hosenbein hoch und entdeckt am linken Knie eine uralte Narbe. So konnte es gewesen sein. Allerdings auch anders: vielleicht stammte die Narbe von einem Sturz beim Fussballspiel.

Danach dachte er an einen Schüler – wieder er selbst –, der sich vor einer Prüfung bei einem verständnislosen Lehrer fürchtete, und wiederum glaubte er, zu spüren, wie ihm die Angst in die Knochen fuhr. Ebenso gut möglich, dass er stets so gut vorbereitet gewesen war, dass er niemals Angst empfunden hatte.

Er begab sich zum ehemaligen Dorfkino und erhielt vom Verwalter die Erlaubnis, den Saal, der heute als Lagerraum diente, zu betreten. Er lehnte sich an die Wand und blickte in Richtung der ehemaligen Leinwand. Er stellte sich die Filmbilder der sinkenden Titanic vor – inzwischen hatte er sich den Film von der Stadtmediothek kommen lassen und ihn zu Hause angesehen – und glaubte, so wie er hier im ehemaligen Zuschauerraum stand, starke Gefühle über den unglücklichen Ausgang der Liebesgeschichte zwischen dem reichen Mädchen und dem armen Jungen zu empfinden, und beinahe kamen ihm die Tränen. Oder hatte er über den alten Schinken gelacht? Hatte er die Romanze kitschig gefunden?

Er betrat die ehemalige Bäckerei, heute ein Kioskladen, der Süssigkeiten verkaufte, die man spontan zu kaufen wünschte. Vermutlich waren die meisten Kunden Kinder. Damian bildete sich ein, es dufte wunderbar nach Hefeprodukten. Zum Glück musste er einige Minuten warten, bis er dran kam, und dabei sah er sich als Jungen den Laden betreten, sehr verlegen, weil er in die Bäckerstochter hinter dem Ladentisch verliebt war und noch keinen Weg gefunden hatte, ihr das zu gestehen. Dann wechselte das Bild, er sah sich forsch den Laden betreten, wobei die Bäckerstochter errötete und ihr das Brot aus der Hand fiel, womöglich weil sie in ihn verliebt war? Als ihn die Verkäuferin nach seinen Wünschen fragte, wies er geistesabwesend auf einen Schokoladenriegel.

Danach schaute er sich im Dorf um. Sein Blick fiel auf die Kirche. Seit fünfzig Jahren wurden keine Kirchen mehr gebaut, es gab zwar noch Gläubige, aber sie kommunizierten über das Weltbild mit ihren Priestern. Er selbst hatte seit seiner areligiös verbrachten Jugend Kirchen nur betreten, weil sie ihn als Bauwerke interessierten. Die Spitze dieses Kirchturms war ihm immer einzigartig vorgekommen, selten hatte er eine ähnliche Turmspitze gesehen, mit grünem Kupferdach in Form einer langgezogenen Pyramide, die an allen vier Seiten Zifferblätter aufwies, und darunter lagen die Bogenfenster, durch die man die Glocken schwingen sah.

Diesmal löste der Kirchturm in Damian nicht bauliche Überlegungen aus. Er erkannte die Kirche als Symbol für jegliche Gemeinschaft, die ihren Angehörigen Zusammenhalt und Trost bot. Früher waren solche Dinge allerdings nur zum Preis der demütigen Unterwerfung zu bekommen. Und wer nicht mitmachte, wurde als Ketzer verfolgt. Heute galt als mildere Form die Anpassung an die herrschenden Trends – alle beteten nach, was sie vom Weltbild vernahmen. Passte man sich an, gehörte man dazu und war aufgehoben. Ihn lockte das nicht – und dabei fühlte er sich im Einvernehmen mit dem Text seines Urgrossvaters –, aber vielleicht war das etwas, was die Mehrheit der Menschen wollten.

*

Als er beim nächsten Mal im ‚Herz' seinen Kumpanen von diesen Gedanken berichtete, löste er eine heftige Debatte aus.

„Hoppla, das klingt ja stark nach Resignation. Du besuchst eine Kirche und wirst uns plötzlich fromm! Negierst die revolutionären Neigungen der Masse. Woher weisst du, dass du nicht konditioniert worden bist mit deinem Implantat?" brüllte der Schnauzer.

„Was meinst du damit?"

„Ich meine, sie haben dir nicht nur ein künstliches Gedächtnis verliehen, sondern auch gleich noch das eingetrichtert, was du denken sollst."

„Ach Unsinn. Ihr habt doch alle dasselbe Implantat. Nur das Lexikon, das ich darauf gespeichert habe, ist neueren Datums."

„Vielleicht sind auch wir konditioniert", warf Mike resigniert ein.

„Wieso seid ihr dann in der Lage, über eine mögliche Konditionierung überhaupt nachzudenken und sie in Frage zu stellen?" fragte Damian. „Wenn ihr konditioniert wärt, könntet ihr bestimmt kein Dasein als Aussenseiter gewählt haben, wie ihr es getan habt. Übrigens sagten sie uns in der Klinik, dass der Inhalt des Implantats von einer Ethikkommission überwacht wird. Aber ich werde Doktor Meister fragen."

Am nächsten Tag konsultierte er den Meister. Dieser erklärte: „Die Ausrüstung sowie die Implantation des Chips mit dem lexikalischen und sprachlichen Wissen wird tatsächlich von einer multikulturellen Kommission überwacht, in der alle politischen Strömungen vertreten sind. Im übrigen spielt die Konkurrenz. Die Lexikonverlage bieten im Rahmen von gesetzlichen Vorschriften eigene Inhalte an, und es sind die Eltern, die bestimmen, welcher Inhalt auf die Chips ihrer Kinder hochgeladen wird. Wenn es eine Konditionierung gibt, dann lediglich jene durch die gesellschaftlichen Normen. Die Menschen erwerben dabei eine Menge von Regeln, was sie tun sollen und was sie nicht tun dürfen. Aber wir haben keine Anhaltspunkte, dass die Konditionierung, durch welche Mittel auch immer, heutzutage stärker ist als früher. Zudem können sich die Menschen gegen diese Benimmregeln wehren und sie missachten. Die Forschung zeigt, dass wir auch heute eine gleich starke

Minderheit von kritisch denkenden Menschen wie eh und je finden."

„Das kann ich nachvollziehen, besonders nachdem ich ein Buch meines Urgrossvaters gelesen habe. Ich fühle mich frei, alles anzuzweifeln, hin und her zu überlegen und meine Meinung zu ändern, wenn ich dazu lerne."

Hierauf berichtete er dem Meister über sein Vorgehen, wie er sich an früheren Orten verschiedene Szenerien vorgestellt hatte und den Eindruck gewann, in seinem Inneren gebe es ein déjà-vu – und dies, obschon er sich jeweils verschiedene Varianten vorgestellt habe. Der Doktor hörte aufmerksam zu und sagte zum Schluss: „Nicht übel. Und eines sollten Sie auf der Suche nach der Vergangenheit noch bedenken. Es ist klar, dass das Betrachten von Szenen Assoziationen weckt, die jeder gehabt haben könnte, die aus einem kollektiven Wissen stammen. Es macht Sinn, dass Sie sich bei Bedarf Erinnerungen konstruieren. Und damit sind Sie in der Lage, zu erkennen, dass der Unterschied zwischen 'es hätte sein können' und 'es war' unbedeutend ist."

„Wie soll ich das verstehen?"

„Imaginäre Erlebnisse können, wenn Sie intensive Gefühle zulassen, gleichwertig zu den erinnerten Erlebnissen sein. Das ist ja auch bei Träumen so. Sie sollten sich nur vor einem hüten. Die Menschen neigen zu Klischees. Sie stellen sich die Abläufe oft zu einfach vor und werden der komplexen Psyche nicht gerecht. Wenn Sie sich also Erlebnisse vorstellen, dann nicht so wie in den gängigen Texten und Filmen, oder in den Sendungen des Weltbilds, das ja für alle verständlich sein will. Nutzen Sie ihre individuelle Phantasie."

Damian dachte, diese Aussage hätte von Urgrossvater Gerold stammen können.

„Ich habe also schlicht das erinnerte Empfinden überbewertet, meinen Sie."

„Ja. Ich schlage vor, dass Sie das akzeptieren und von da aus weitermachen. Flemm hat's jedenfalls geschafft."

Damian bedankte sich und hatte das Gefühl, er sage dem Meister endgültig Adieu. Er hatte sich, seit er in der Klinik aufgewacht war, noch nie so gut gefühlt, und diesmal war er überzeugt, dass sich diese Stimmung stabilisieren würde.

*

Es war erst Vormittag, aber in aufgeräumter Stimmung begab sich Damian ins ‚Herz'. Dort sass der Glöckner, der ihn sogleich zu sich winkte und sagte: „Das Buch liest sich gut. Der Protagonist bedauert sich und sein Schicksal und macht ganz gewaltig die Faust im Sack. Der Leser fiebert mit ihm, ob er endlich zu sich selber findet und den Aufruhr gegen die Scheinidylle wagt. Manchmal würde man dem Protagonisten am liebsten an den Kopf werfen, hör auf zu jammern, bist selber schuld."

Das war für Damian eine Erleuchtung. Es ging darum, endlich selbst sein Schicksal in die Hand zu nehmen und sein Leben zu gestalten. Die verlorenen Erinnerungen blieben verloren, aber er konnte sie mit seiner Phantasie kompensieren und ein zufriedenes Leben führen.

Blieb noch die Beziehung zu Leda. Er fuhr nach Hause, duschte gründlich und kleidete sich sorgfältig – zwar kam er nicht mehr in seine Anzüge herein, aber er wusste, er würde sein Gewicht wieder nach unten korrigieren. Dann meldete er sich im ‚Capricorne' an.

Leda hatte für ihn den besten Platz reserviert und

zeigte deutlich, dass sie sich freute, ihn wiederzusehen.

„Du siehst gut aus", stellte sie fest.

„Und du erst. Willst du dich zu mir setzen?"

„Jetzt noch nicht, jetzt kommt der Mittagsansturm, da muss ich Bestellungen aufnehmen. Aber beim Kaffee werde ich Zeit haben. Was möchtest du bestellen?"

In der Tischplatte war ein Bildschirm mit dem Menü eingelassen. Leda gab Empfehlungen ab. Damian stellte sich ein Menü zusammen, indem er die Speisen am Bildschirm antippte.

Nach dem Essen setzte sich Leda zu ihm. Jetzt kommt die Prüfung, aber ich habe meine Hausaufgabe gemacht, dachte er und sagte: „Du erinnerst dich, es gibt ein paar Fotos vom Tag, als wir uns kennenlernten. Eine Gruppe Mädchen und eine Gruppe Burschen fahren zufällig mit derselben Seilbahn aufs Stockhorn und beschliessen, den Abstieg gemeinsam zu unternehmen."

„Ja, so steht's in unserem Erinnerungsalbum."

„Und beim Abstieg suchte ich deine Nähe. Ich verwickelte dich in ein Gespräch, und da ich nichts anderes wusste, erzählte ich dir vom Seilbahnbau."

„Das stimmt, das Thema langweilte mich, aber ich hörte dir zu, weil du selbst so begeistert warst, und das gefiel mir."

„Und dann wollte ich wissen, was du arbeitest, aber du wolltest es nicht sagen."

„Ich hatte Hemmungen. Du, ein Studierter, und ich das erste Jahr in der Wirtefachschule."

„Aber ich habe schnell gemerkt, wie gern du dir Filme ansiehst, besonders monumentale. Ich fragte, ob ich dich ausführen dürfe, du warst einverstanden, und daraus entwickelte sich alles."

„So was! Was du erzählst macht mich ganz aufgeregt, wieso kannst du dich plötzlich erinnern?"

„Die paar Fakten, die ich kenne, genügen, um zu

rekonstruieren, wie es wahrscheinlich war. Ich frage mich einfach, was würde ich jetzt in dieser Situation tun, und was würde Leda tun, und damit habe ich meine Erinnerung beisammen."

Sie ergriff seine Hände und flüsterte: „Das ist grossartig." Dann blickte sie über den Tisch und sagte: „Du hast alles ausgetrunken, hast du noch einen Wunsch?"

„Ja. Dich. Komm doch bitte in unsere Wohnung zurück."

Sie beugte sich vor und küsste ihn auf den Mund. „Heute Abend noch, wenn du mir nachher beim Packen hilfst."

Andreas Pritzker

Eingeholte Zeit

Erzählung

Gerold Trank, ein neununddreissigjähriger Historiker, arbeitet als Sekretär der angesehenen „Stiftung für die Ausbreitung humanistischer Ideale". Vor über hundertfünfzig Jahren gegründet, finanziert die Stiftung mit Geldern, die sie von der Wirtschaft erhält, kulturelle Aktivitäten, die im Einklang mit der herrschenden Ordnung stehen.

Während er in einer Sitzung des Stiftungsrats gefangen ist, wird Trank von einer mächtigen Flut von Gedanken überwältigt. Verzweifelt erkennt er, dass sein Leben sinnlos zerrinnt. Hin und her gerissen zwischen Anpassung und Auflehnung, zwischen Begründungen seines jetzigen Daseins und extremen Fluchtszenarien, findet er am Ende einen Ausweg, der ihn selbst überrascht.

2014 - ISBN 978-3-7357-4037-3

www.munda.ch